KB021991

당신에게 분명 좋은 일만 생길 거예요

당신에게 ,

분명
좋은 일만
생길 거예요

이슬비 에세이

다담북스

프롤로그

'사람들은 어떤 마음으로 이 책을 펼칠까?'

글을 쓰고 쓴 글들을 다듬으면서 가장 많이 한 생각입니다. 아무 생각 없이 책이나 읽을까 하고 집어 든 사람도 있을지 모르지만, 분명한 목적을 갖고 책을 펼쳐보는 분이 더 많이 계실 것 같아서요. 지금은 그다지 행복하지 않은 사람. 그래서 결국엔 행복해지길 원하는 사람들이 많이 읽어주겠구나. 그런 생각을 했습니다. 책 제목부터가 〈당신에게 분명 좋은 일만 생길 거예요〉니까요.

좋은 일 있을 거야. 모르는 사람의 말이어도 좋고 책 제목이어도 좋으니 내게 그런 말이 와주었으면 하는 때가 있습니다. 지금까지 너무 지치고 서러웠으며 미래는 고사하고 당장 내일도 어떻게 살아가야 할지 막막해서 누구라도 내 행복을 확신해주길 바랍니다. 하지만 곧 그런 바람은 무참히 깨져버리고 오늘도 오늘의 괴로움이 착실히 나를 괴롭힙니다.

아주 이른 새벽에 산을 올라본 적이 있나요? 해가 뜨기 전의 산은 어마어마하게 춥습니다. 기온이 점점 떨어져서 결국 몸이 덜덜 떨리기까지 하죠. 하지만 그 극한의 순간을 버텨내기만 하면 이윽고 해가 떠오릅니다. 해의 온기가 언제 그랬냐는 듯 나의 몸과 마음을 따뜻하게 안아줍니다.

아마 우리의 삶도 그렇겠죠. 떨리도록 불안하고 힘든 이 시기만 버텨내고 나면 찬란하게 빛나는 내일이 기어코 와줄 것이라고 저는 믿습니다. 그러므로 이렇게 한 번 더 말씀드리려 합니다. 당신에게 분명 좋은 일만 생길 거라고요.

차례

1장   오늘 당신의 마음은 어떤지

2장 꽃은 돌아오니까

3장 나라는 영화

4장 좋은 사람 사용법

1장

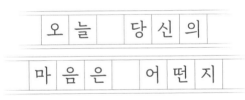

풍요로운 삶을
만드는 방법

1. 건강한 취미

먹고 마시는 소비적인 취미도 물론 취미라고 할 수 있겠지만, 그런 취미들은 즐긴 이후에 남는 것이 없다. 그러므로 나를 점점 더 발전시키는 취미, 의미가 있는 취미라면 더할 나위 없이 좋을 것이다. 무언가를 만드는 것도 좋고 교양이 쌓이는 것도 좋으니 내가 만족하는 동시에 타인도 내게 만족하게 되는 취미를 만들어보자.

2. 공부하기

작년과 똑같은 수준의 능력으로 올해를 살아가기로 결심했다면 더 나은 삶을 기대하면 안 된다. 세상살이는 가진 것들로 앞날을 헤쳐 나가는 일의 연속이라고 할 수 있다. 미래를 더 잘 살아갈 수 있도록 끝없는 공부를 통해 능력을 쌓아야 한다.

3. 최소한의 움직이는 시간을 만들기

한 곳에 멈춰 있으면 몸도 마음도 굳기 시작한다. 몸과 마음이 굳으면 권태로움과 나태함이 나를 괴롭힌다. 땀을 흘리고 나면 개운한 느낌이 드는 것도 바로 그 나태와 권태가 날아갔기 때문일 것이다.

4. 무엇에든 집착하지 않기

물질적인 것들에 과하게 집착하다 보면 다른 중요한 것들을 가볍게 여기기가 쉽다. 그렇게 생긴 불균형은 나에게 풍요로운 삶은커녕 계속 무언가를 갈구하기만 하는 나날을 가져다준다.

5. 나를 위하는 인맥만 곁에 두기

　내 곁에 열 명이 있든 한 명이 있든 그 수가 중요한 게 아니다. 나를 이용해 먹으려는 사람 열 명보다 내 행복을 진심으로 바라는 사람 한 명이 중요하다. 그런 사람 한 명만 곁에 있어도 인생은 더없이 풍요로워진다.

진짜 멋진 사람

비싼 차와 집, 명품 브랜드의 옷, 그럴듯한 직함 것으로 나를 치장하는 일은 당장 사람들의 칭송을 받기에는 좋으나 금방 들통이 난다는 치명적인 단점이 있다. 아무리 열심히 그리고 꼼꼼히 자신을 꾸민다고 하더라도 조금이라도 통찰력이 있는 사람들은 놀랍도록 빠르게 그를 알아보고 흥미를 잃고 떠나간다.

그러므로 안정적으로 오랫동안 사람들의 호감을 사고 멋진 사람들을 곁에 두기 위해선 그런 것들 없이도 멋진 사람이 되려 노력해야 한다.

꾸며내는 것에는 한계가 있다. 반짝이는 것들에 현혹되지 말고 말하고 행동하는 것에 집중하자. 아무리 비싼 옷과 물건들도 나의 품격 있는 언행을 이길 수는 없을 테니까.

살 아 가 기   위 한   이 해

"이런 사람들이랑 엮일 바엔 그냥 혼자 살고 싶어….."

내 입장에서는 도저히 이해할 수 없는 사람들이 있다. 왜 그렇게 생각하고 행동하는지를 물어봐도 변하는 건 없다. 결국 이해하려다 혼자 지쳐버리고 이런 사람들과 함께 살기보단 그저 고독하게 살아가기를 원하게 된다. 하지만 세상살이라는 게 어디 마음처럼만 될까. 하고많은 생명체 중에 사람으로 태어난 이상 우리는 다른 사람들과 좋든 싫든 상호작용하며 살아가야만 한다. 일터에서 일을 하고 돈을 벌기 위해, 생존하기 위해서는 어쩔 수 없이 타인과 엮여야만 하는 것이다. 그러므로 이해되지 않는 사람들을 이해해 보려 하는 노력은 계속돼야만 하는 거고.

모순적이지만 나와는 완벽하게 다른 사람들을 이해하는 것은 그러한 다름을, 나와 당신은 다른 사람임을 이해하는 데부터 시작된다. 나와 당신이 같을 수는 없으니 각자의 말과 행동 때문에 충분히 놀라거나 불쾌해할 수도 있음을 인정해 보는 것이다.

도무지 이해되지 않더라도 한 번만 더 이해하려 해보자. 너무나 다른 모습이 눈에 띌 때마다 그럴 수도 있겠다 말하며 고개를 끄덕여보자. 멀어질 땐 멀어지더라도 그들의 존재로 필요 이상으로 스트레스받지는 말자는 말이다. 이 좁다면 좁고 넓다면 넓은 세상에서 내가 나로 살아가기 위해선 그래야만 한다.

눈빛만으로도
나를 아프게 하는

어떤 사람은 눈빛만으로도 내 기분을 상하게 한다. 직접 이야기를 듣기 전까지는 그 사람의 모든 진심을 알 수 없겠지만 눈빛이 담고 있는 정보만으로도 나를 향한 경멸, 시기, 무시 같은 것들이 느껴질 때가 있다.

그런 좋지 않은 시선을 보고 그것으로부터 상처받으면서 누군가는 '내가 마음이 이렇게 약하다니'라고 생각하며 자책할 수도 있겠지만, 다르게 생각해 보면 적개심이라는 것이 그만큼이나 쉽게 타인에게 드러낼 수 있는 거구나 깨닫게 될 수도 있다. 내가 약해서가 아니라 저 사람이 공격적이어서 그런 거라고 생각할 수 있는 것이다.

눈빛에는 꽤 많은 정보가 담긴다. 그리고 눈빛은 의외로 쉽게 타인에게 날아가 꽂히고 은근히 정확하게 해석된다. 그러므로 가끔은 둘러보는 것도 좋겠다. 내 주변에선 과연 어떤 사람들이 내게 무례함 또는 특정한 의도를 갖고 나를 바라보고 있는지. 또 나는 어떤 눈매로 사람들을 바라보고 있는지. 좋지 않은 마음을 품는 것은 어쩔 수 없는 일이라지만, 그걸 너무나 노골적으로 주변에 드러내고 있지는 않는지.

평판을 무시할 용기

평판에 절여져서 맺는 관계는 참 편하다. 누구는 친하게 지내도 좋다더라, 누구는 멀리하라더라. 누군가에 대해 떠도는 평판만을 곧이곧대로 믿고 관계를 선택하기만 해도 되니까. 하지만 한번 되돌아보자. 누군가에 대한 평판이 언제나 절대적으로 맞았었는지. 남의 말만 믿고 갔다가 후회한 적은 없었는지.

'그 사람은 정말 좋은 사람이야'라는 평판이 다수였던 사람을 오랫동안 지켜본 적이 있다. 사람들이 하도 칭송에 가까운 말들을 늘어놓기에 정말인가 싶어 그를 자세히 바라봤었다. 그런데 어느 한 순간, 누구도 눈치채지 못하는 순간에 그 사람은 누구보다도 추악한 말과 행동을 저질러 버리기도 하더라.

　반대로 '그 사람은 곁에 둬서 좋을 것 하나 없는 사람이야'라고 손가락질받는 사람을 본 적도 있다. 그 사람은 정말로 종종 서툰 모습과 비난받아 마땅한 행동을 보이긴 했지만, 아주 가끔은 놀랍도록 따뜻하고 선한 모습을 보여주기도 했다. 나는 그 짧은 순간에 느낀 온기로 꽤 오랫동안 그 사람을 괜찮은 사람이라고 생각할 수 있게 됐다.

　사람 한 명을 오랫동안 지켜보면, 그 사람을 둘러싼 평판이 딱 들어맞아 역시는 역시구나 싶을 때도 있지만 의외의 모습을 발견할 때도 생긴다. 그렇게 좋은 사람인 줄 알았던 이와 원수지간이 되기도 하고 반대로 인간 말종으로 불리는 이와 일생의 동반자가 되기도 한다. 그렇게 오롯이 나의 감과 경험에 의해 맺은 관계는 다른 어디에서도 얻을 수 없는 선물이 되어주는 동시에 어느 상황에서도 더부룩함이 없이 내게 딱 들어맞는 집밥 같은 존재가 되어준다.

평판을 너무 믿지 말자. 사람의 마음은 생각보다 복잡하므로. 백 퍼센트의 선도 악도 없으므로. 그보단 나의 판단에도 귀를 기울여 보자. 좋은 사람과 나쁜 사람을 구분할 수 있는 눈을 새롭게 뜨게 될지도 모른다.

이유 없는 사이

진짜 친구 사이에선 이유 같은 게 없다.

뜬금없이 전화를 걸어와 하루의 안부를 묻고 딱히 빌미도 없이 만날 약속을 잡는다. 같은 공간 안에서 두 사람 모두 아무 말 하지 않아도 어색하지 않고 만나서 아무것도 하지 않아도 심심하지 않다.

서로를 향한 마음이 식었다거나 서로가 중요하지 않게 된 것이 아니다. 오히려 함께 지내는 사이에 서로의 삶에서 없으면 안 될 당연한 존재가 됐기 때문이다. 나 없는 너는

말이 안 되고 너 없는 나도 상상할 수가 없게 됐으니 이제는
이유도 없이 만나고 함께할 수 있는 것이다.

"우리는 왜 우리일까?"

굳이 그렇게 답을 찾을 필요가 없는 사이도 있다.

"우리 사이에 무슨 명분이 필요하겠어."

그 한마디가 모든 의문에 대한 대답이 되어줄 테니까.

무 관 심

　나이가 들다 보면 자연스레 깨닫게 되는 것이 하나 있다. 바로 사람들은 내게 그다지 관심이 없다는 사실이다. 어릴 때야 내가 세상의 주인공일지도 모른다는 생각에 모든 것에 의미 부여를 하곤 했지만, 어른이 되면서 점점 내가 먼지처럼 작고 많은 점들 중 하나였다는 것을 알게 되는 것이다.

　웬만해선 그 누구도 내게 관심을 주지 않는다는 사실은 나를 조금 외롭게 만들지만, 그렇다고 무조건 서글프게만 생각할 필요는 없다. 오히려 자유도가 높아졌다고 생각할 수도 있다.

내 주변에 있는 사람들이 나를 특별하게 볼 일은 별로 없으니 어디에 가서도 당당하게 혼자 밥을 먹을 수도 있고 자유롭게 돌아다닐 수도 있다. 대다수의 세상 사람들이 말하는 좋은 삶의 기준으로부터도 자유로워질 수 있으므로 내가 살고 싶은 삶을 마음껏 살 수도 있다.

아무도 흉보지 않고 아무도 간섭하지 않는다. 오늘은 당신만을 위해 주어진 당신의 몫이다. 그러니 이제부터라도 당신 마음대로 살아가기를.

나와 잘 맞는
사람을 찾고 싶다면

1. 마음의 온도

가장 먼저 마음의 온도를 측정해 보면 좋다. 내 마음이 뜨거울 때 상대방의 마음이 차가우면 나는 무안해지고 내 마음은 차가운데 상대방의 마음이 뜨거우면 부담으로 다가온다. 나와 비슷한 온도를 지닌 사람을 만나야 비로소 두 사람 모두가 편안해진다.

2. 마음의 단단함

나에게는 그저 농담인데 상대방에게는 무시무시한 악담일 수도 있다. 여린 사람은 여린 사람과 만나야 하고 다소

거친 사람도 그와 비슷한 사람과 함께해야 한다. 그래야 오랫동안 관계가 무너지지 않는다.

3. 취향의 유사성

좋아하는 것과 싫어하는 것이 비슷한 관계에서는 대화가 끊이지 않는다. 그래서 이 사람과는 다른 특별한 걸 하지 않아도 즐거울 수 있겠다고 생각하게 된다.

이리 보고 저리 봐도 나와 도저히 어울리지 못할 것 같은 사람인데 그래도 가까이 돼야만 한다고 노력하는 것은 어리석은 객기에 불과하다. 관계는 혼자가 아닌 여럿이 맺는 것이기 때문에 한 사람이 발버둥 친다고 해서 변할 수 있는 것이 아니기 때문이다.

반 성 과 자 책

　종종 반성과 자책을 같은 것으로 인식하는 사람들이 있
다. 이미 벌어진 일에 대해 생각한다는 점에서 똑같은 행위
라고 여기는 것이다.

　하지만 분명히 말해두건대 반성과 자책은 다른 영역에
있다. 각각의 행위가 한 사람의 미래에 정반대의 영향을 끼
치기 때문에 그 차이를 잘 구분해야만 한다.

먼저 자책은 나의 미래에 부정적인 영향만을 끼친다. 나를 나아지게 하지 않는다. 언젠가 내가 이런 일을 저지른 적이 있으며, 나는 그만큼이나 최악인 사람이었으니 앞으로도 크게 다르지 않을 거라며 오히려 나를 퇴보하게 만들고 움츠리게 만들 뿐이다.

반대로 적당한 반성은 내 미래에 긍정적인 영향을 준다. 나를 더 나은 사람으로 만든다. 전엔 좋지 않은 선택을 했으니 이번엔 그러지 말아야겠다고 다짐하게 하여 뻔했을지 모를 미래를 바꿔주는 힘이 있는 것이다.

같은 결과 앞에서도 내 속만 갉아먹고 말 것인지, 아니면 더 나은 미래를 고민해볼 것인지는 온전히 나에게 달려 있다. 자책할 것인가 반성할 것인가. 어쩌면 답은 간단할지도 모른다.

적당한 압박

압박감과 책임감 같은 단어를 무조건 좋지 않게만 받아들이는 사람들이 있다. 자기 삶에 그런 것들만 없어도 조금 더 잘 살 수 있을 것 같다고 말하는 사람들.

하지만 정말 삶에 어떤 압박도 없다면 우리는 앞으로 나아갈 수 없을 것이다. 엄밀히 말하자면 나아가지 않을 것이다. 내 마음의 중심을 잡아주는 것이 아무것도 없기 때문에 나아가는 대신 둥둥 떠다니기만 할 것이며 결과적으로는 어떤 일도 제대로 해내지 못할 것이다. 생계를 해결해야 한다는 위기의식도 무언가를 해내야 한다는 투쟁심도 없는데 내가 열심히 살 이유가 과연 어디에 있겠는가.

그러므로 적당한 압박감과 책임감은 마음가짐을 다르게
해주기에 삶에 유익하다. 누구에게나 적당한 기둥이 필요
한 법이니까.

깔끔한 삶

옛날에야 크고 화려한 것이라면 무조건 좋아하고 봤지만, 한 살 두 살 나이를 먹을수록 화려한 것들보단 깔끔한 것에 집중하기 시작했다. 처음에는 알록달록하고 무조건 튀는 것들만 눈에 들어왔었지만 이제는 옷에 주름은 없는지부터 확인한다. 몸에서 악취가 나지는 않는지를 점검하고 사람들을 대하는 태도가 구질구질하진 않은지를 되돌아본다. 식사 이후에 바로 설거지를 하려 하고 일주일에 반드시 한 번은 청소를 한다.

주변이 깔끔해야 깔끔하게 생각할 수 있고 주변에도 깔끔한 에너지를 풍길 수 있다는 걸 알게 되기 때문이다. 아무리 말끔한 모습을 지녔다고 해도 주변 관계가 더럽거나 머무는 곳이 산만하면 그 사람도 그저 껍데기로만 보인다. 몇 번쯤 더 보고 싶다는 생각, 오래 함께하고 싶다는 마음이 전혀 생기지 않는 것이다.

그러니까 오늘도 하나씩 깔끔하게 정리해본다. 아주 작은 것이어도 좋으니까. 언젠가는 이런 일들이 쌓여 나의 삶 전체를 깔끔하게 만들어줄 것을 믿는다.

나 자신을
응원하는 방법

1. 지난날을 되돌아보기

과거에 너무 오랫동안 정신을 파는 것은 좋지 않다. 하지만 오래전에 내가 이뤘던 것을 가끔 되돌아보는 일은 나를 꽤 괜찮은 사람으로 만들어준다. 잊고 있던 나의 멋진 부분에 새삼스럽게 감탄하게 되는 것이다.

2. 혼잣말하기

힘들지만 그래도 해봐야지. 오늘도 잘해보자. 밥은 먹고 해야지. 그런 혼잣말들은 가만히 있으려 하는 나를 기어코 움직이게 만들고 굶으려고 했던 나를 뭐라도 먹게 만든다.

운동 경기에서 관중들의 열띤 응원이 선수들을 움직이게 만드는 것처럼 말이다.

3. 건강 관리

타인이 타인을 챙겨주는 것에도 한계가 있다. 일을 도와주고 편을 들어줄 수는 있더라도 몸 안쪽의 사정까지 들여다봐줄 수는 없다는 말이다. 결국 얼마나 오랫동안 튼튼하게 움직일 수 있는지는 나에게 달려 있다.

4. 선물해주기

보상이 없이 채찍질만 해서는 내 몸도 마음도 내 말을 듣지 않는다. 하루 동안 고생이 많았으니 맛있는 저녁을 먹게 해주고 가끔은 갖고 싶었던 물건을 스스로에게 선물해주자. 그러면 내가 나에게 고마워하기 시작할 것이다.

5. 칭찬을 아끼지 않기

그리 대단치 않아 보이는 일을 했더라도 그 하나하나의 위대한 승리에 박수쳐줄 줄 아는 사람이 되어야 한다. 어디에서 무엇을 하더라도 나의 모든 노력과 업적들이 당연해져서는 안 된다.

조언과 간섭 사이

"이게 다 너 잘되라고 하는 말인데…."

이렇게 시작되는 말은 대부분 좋은 말이 아니다.

그런 말을 하는 사람들의 심리를 잘 살펴보면 결국 자신의 주장과 유식함을 뽐내기 위해 이와 같은 강제적인 어투를 쓰는 경우가 많다. 자신이 지금껏 겪어온 것들을 늘어놓음으로써 사람들이 그 고생을 알아주고 추앙해 주기를 원하는 것이다.

물론 정말로 나를 위해서 하는 말도 있기는 있다. 하지만 정말 내가 잘되길 원한다면 그런 식으로 말하지는 않을 것이다. 훨씬 조심스럽고 부드러운 방식으로 다가올 것이다. 애초에 잘됐으면 해서 하는 말은 자기 시점에서 자기 의견만 강조하는 식이 아니라 상대방의 시점에서 공감하는 방식이어야 할 테니까.

커다란 권력을 손에 쥔 사람도 어마어마하게 돈이 많은 사람도 다른 사람을 완벽하게 마음대로 고쳐서 쓸 수는 없다. 하물며 우주의 작은 먼지에 불과할 뿐인 우리가 과연 누구를 자기 입맛대로 만들려 들 수 있을까.

관계 공부

내가 누군가에게 진심일수록, 마음을 깊게 품을수록 그 사람을 잃었을 때의 상처는 깊었다. 한번 보고 말 사람들과의 다툼이나 이별이라고 해봐야 아주 잠깐 마음이 헛헛하고 끝이지만, 정말로 아끼고 사랑했던 사람과의 작별이나 갈등은 나의 삶 전체를 뒤흔들 만큼 치명적이다.

그래서 어떤 사람들은 마음을 걸어 잠근다. 좋은 사람이라고 생각되는 사람이 다가와도 억지로 그를 외면한다. 그에게 마음을 줘봤자 언젠가는 아플 게 뻔하다는 생각에 애초에 시작조차 해버리지 않는다. 행복하지 않은 대신 불행하지도 않겠다고 다짐하는 것이다.

그들의 마음을 이해하지 못하는 건 아니지만, 그래도 그건 장기적으로 봤을 땐 좋지 않은 선택이다. 누구와도 깊은 유대를 맺지 않고 살아가는 삶의 결말은 사막처럼 건조하고 피폐해져 있을 것이 뻔하기 때문이다.

삶을 이루는 다른 많은 것을 대하는 것처럼 관계도 그렇게 다뤄야 한다. 더 윤택하고 좋은 것들을 손에 넣기 위해 공부를 멈추지 말아야 하는 것처럼 더 좋은 사람과 더 오랫동안 함께하기 위해선 반드시 관계도 공부해야 한다. 어떻게 하면 다투더라도 슬기롭게 다툴 수 있는지, 어떻게 하면 오해와 권태를 피할 수 있는지를 쉬지 않고 연구해야 한다.

그러한 노력들이 나를 다치게 할 사람을 완벽하게 거르게 할 수는 없겠지만, 또 언젠가는 다가올 이별을 영영 밀어내게 할 수도 없겠지만, 할 수 있는 일을 하는 것과 아예 마음의 문을 걸어 잠그는 것에는 하늘과 땅만큼의 차이가 있음을 알아야 한다.

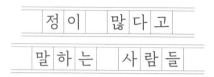

정이 많다고 말하는 사람들

한번 관계를 맺기 시작하면 그 관계가 아무리 나를 아프게 해도 그를 잘 끊어내지 못하는 사람이 있다. 옆에서 아무리 끊어내기를 권해도 뭐에 홀리기라도 한 것처럼 다시 그 사람을 만나고 그 사람에게 자기 것들을 퍼주고 있다. 그러면서 이렇게 말한다.

"내가 정이 많아서 그래."

하나는 아는데 둘은 모르는 사람들이다. 말마따나 정이 많아서 못 끊어내는 거라면 정작 나 자신을 위하는 정은 어디에 있다는 말인가? 타인에 정신이 팔려 정을 다 바치는 동안 내 속은 점점 썩어들어가고 있다는 걸 그들은 알지 못한다. 싫증을 느낀 그가 떠나가고 나서야 홀로 남아 엉망이 된 자신을 뒤늦게 발견할 뿐이다.

계절별로 어울리는 옷차림이 따로 있는 것처럼 관계에도 그에 맞는 태도라는 게 다 따로 있는 법이다. 관계의 날씨가 너무 춥고 사나우면 감기에 걸리지 않기 위해 옷을 챙겨 입어야 하고 관계가 너무 뜨겁다면 내 주변을 시원하게 만들어줘야 한다. 더는 그곳에 머무르지 못할 정도로 관계의 날씨가 좋지 않은 곳에 있다면 살기 위해서라도 그곳을 벗어나야 한다.

무엇보다도 우선시해야 할 것은 언제나 내 마음의 건강임을 잊지 말라는 말이다.

질 문 이   지 닌   힘

　다정하다는 칭찬을 많이 듣는 사람들은 질문을 자주 한
다. 밥은 먹었는지. 오늘 하루는 어땠는지. 요즘 힘든 일은
없는지. 있다면 내가 도울 것은 없는지를 조심스레 묻는다.

　사람의 마음을 들여다볼 줄 몰라서 그러는 것도 아니고
눈치가 없어서 그러는 것도 아니다. 다만 알고 있는 것이
다. 겉으로는 괜찮아 보일지 몰라도 사람에 따라서는 마음
속에 겉모습과는 전혀 다른 고민이나 아픔들을 품고 있을
지도 모른다는 것을.

실제로 중증도의 우울증에 걸린 사람들은 남들보다도 더 자주 웃는 모습을 보이기도 한다. 마음이 너무도 지옥 같으니 표정이라도 좋게 지으려고 자기도 모르게 무의식적인 방어 행위를 보이는 것이다. 그러면 대부분의 사람은 오해한다. 이 사람이 어떤 고민과 우울도 없이 잘 지낸다고 생각해서 그를 걱정하지 않게 되는 것이다.

겉으로 보기에만 괜찮은 사람들, 속마음을 잘 숨기는 사람도 있다는 것을 알아야 한다. 그리고 묻고 대답을 듣기 전까지는 그 누구의 진심도 명확히 알 수 없음을 기억해야 한다. 상대방이 무엇을 참고 있을지 모르니 자주 들여다보고 점검해줘야 한다.

그러니 오늘은 사랑하는 사람들에게 시시콜콜해도 좋으니 질문을 건네볼까. 그 작은 질문이 그 사람에게는 거대한 온기로 다가갈 수도 있으니 말이다.

두 고　보 기

　관계에서는 조바심을 내서 좋을 것이 하나도 없다. 시간이 허락해주는 만큼 충분히 두고 보는 것이 여러모로 낫다. 이 사람은 어떤 사람일까. 좋은 사람일까 아니면 나쁜 사람일까. 그런 생각들에 너무 급하게 그리고 깊게 빠져들 필요가 없다는 말이다.

　내 앞에 있는 이 사람이 일단 마음대로 하게끔 가만히 두고 보는 시간이 필요하다. 바보라서 그러고 있는 것이 아니다. 바보가 되라는 말도 아니다. 또 누군가를 시험에 들게 하라는 것도 아니다.

그저 매일 관계 탓에 불안해할 바에야 맡겨보자는 것이다. 떠다 놓은 물이 시간이 지남에 따라 층이 나눠지는 것처럼, 당신은 좋은 사람과 나쁜 사람이 자연히 나뉘도록 기다리기만 하면 된다. 그러면 누군가는 지금까지 내게 보였던 것과는 정반대의 본성을 드러낼 것이고 다른 누군가는 여전히 나의 친절한 이웃으로 남아 한결같은 진심을 보여줄 것이다.

트라우마

　가끔 도저히 제정신으로는 감당할 수 없는 사건들이 우리를 덮쳐온다. 나 혼자만의 능력으로는 그것을 온전히 극복할 수 없기에 넘쳐흐른 만큼의 고통은 고스란히 트라우마라는 이름의 얼룩으로 남는다.

　트라우마는 지긋지긋할 정도로 오랫동안 우리를 괴롭힌다. 그것이 나타날 때를 예측이라도 할 수 있다면 좋으련만, 생각하지도 못한 타이밍에 불쑥불쑥 떠올라 아무 행동도 생각도 하지 못하게 만든다.

이 글을 읽는 당신에게 해주고 싶은 말이 있다. 부정하지도 말고 자책하지도 말아야 한다. 쉽지는 않겠지만, 그것 말고는 방법이 없다.

과거에 당신이 겪은 그 일은 분명히 일어난 일이다. 없던 일로 할 수는 없는 명백한 사실이므로 부정할 수도 없고 부정해서도 안 된다. 하지만 동시에 당신이 겪은 그 일의 완벽하고 절대적인 원인도 없다. 그러므로 전부 당신의 무능력과 실수 때문에 일어난 일이었다고 자책하는 것도 멍청한 일이다.

당신 잘못이 아니다. 당신이 아닌 다른 누구라도 겪었을 일이었으며 괴로워할 일이었다. 그러니 부정하지도 자책하지도 말고, 그저 그런 일이 있었다고 깨끗이 인정하고 오늘을 살아갈 뿐이다.

과 거 따 위

좋은 과거든 나쁜 과거든 과거에 매몰되어 있는 것은 좋지 않다. 언젠가 내가 거둔 크고 작은 성공에 대해 아무리 떠들어봤자 그런 일이 제 발로 다시 찾아오는 일은 없을 것이며, 그것에 대해 열광해주는 사람도 많지 않을 것이다. 또 과거의 좋지 않은 시절을 생각하며 눈물을 흘린다고 해서 오늘의 내가 더 행복해지지도 않을 것이다.

우리에겐 지금만이 있을 뿐이다. 지금 이 순간에도 지금이었던 것들이 착실히 과거가 되어가고 있다. 실시간으로 흘러가고 있는 지금을 좋은 과거로 남길지 나쁜 과거로 남길지는 당신에게 달려 있지만, 분명한 것은 과거를 생각하는 데에 한 번뿐인 지금을 낭비하는 것은 현명하지 않다는 사실이다.

과거는 당신이 믿는 것만큼 힘이 세지 않다. 과거를 강하게 만드는 건 나의 마음이다. 아무것도 아니라고 생각하기 시작하면 어떤 과거는 정말로 아무것도 아니게 된다.

새삼스러워질 것

다툼과 괴롭힘, 권태와 이별. 이와 같은 관계에서의 수많은 갈등은 대부분 '이 사람은 그다지 대단하지 않다'는 생각으로부터 만들어진다. 속된 말로 상대방을 만만하게 보기 시작하면서부터 다투게 되고 괴롭히게 되고, 질려하고 결국 헤어지게 되는 것이다.

그러므로 관계에서 오는 불상사를 피하기 위해선 내가 상대를 만만하게 봐서도 안 되고 상대방이 나를 만만하게 보도록 허락해서도 안 된다. 상대방은 나에겐 없는 장점이나 본받을 점을 반드시 몇 가지 지니고 있다고 생각하는 동시에 나에게도 자랑스러운 부분이 있음을 잊지 말아야 한다. 그렇게 겸손과 자존감 사이의 균형을 잘 맞춰보는 것이다.

그러므로 관계를 잘 맺는 사람들은 새삼스럽게 볼 줄 아는 눈을 지녔다. 타인을 새삼스레 바라보며 매번 감탄하고 칭찬할 줄 알고 자신을 새삼스레 느끼며 하루만큼씩 더 스스로를 사랑할 이유를 만들어간다.

만만하게 보지 않고 만만하게 보이지 않는 일. 쉽지는 않겠지만, 이를 습관으로 들인다면 사는 동안 웃는 날이 훨씬 더 많아질 것이다.

삶의 연료

　사람들이 때로는 고생도 하고 많은 돈과 시간을 소비하면서 여행을 떠나는 이유. 그리고 그곳에서 최대한 많은 사진과 기록을 남기는 이유는 그렇게 쌓인 추억들로 꽤 많은 날을 버틸 수 있기 때문이다.

　사람은 밥과 물만을 연료로 삼아서 살아가지 않는다. 더 나은 기분으로 더 많은 힘을 내며 살아가기 위해선 추억이라는 연료도 반드시 있어야 한다. 여행을 통해서든 사랑하는 사람들과의 관계를 통해서든 추억을 부지런히 쌓아두어야 그걸 연료 삼아 힘든 날을 버틸 수 있고 삶을 포기하고 싶을 때도 덕분에 하루 더 버틸 수 있다.

그러니 나는 여행이 어울리지 않는 사람이고 집에만 있는게 좋다고 벽부터 쌓지 말고 오늘 조금 번거롭고 귀찮더라도 추억을 만들기 위해 부지런히 움직여보자. 분명 미래의 내가 지금의 나에게 고마워할 테니까.

강한 것은 조용하다

기가 센 사람과 기가 세지 못한 사람을 가르는 기준 중 하나가 '특정 상황에서 얼마나 노골적으로 감정을 표출하는 가'이다. 보통은 분노할 법한 상황에서 그 분노를 노골적으로 드러내고 위협적인 표정과 목소리를 보이는 사람이 기가 셀 거라고 생각한다.

하지만 사실은 정확히 반대이다. 기가 센 사람들은 그런 상황에서 오히려 싸늘할 정도로 차가워진다. 분노와 증오, 실망을 비롯한 어떤 감정도 읽을 수 없을 정도로 표정을 비우고 정말로 필요한 말만을 조용하게 건넨다.

반대의 경우, 그러니까 기가 약한 사람들만 소란스러워진다. 자기 내면과 외면이 사실은 그렇게 강하지 않으니까 그것을 들키지 않으려 목소리와 몸동작을 크게 과장한다. 마치 치와와처럼 몸집이 작은 소형견이 거의 항상 공격성을 띠는 것처럼 말이다. 하지만 효과는 그다지 크지 않다. 격앙된 말과 행동이 오히려 허점을 만들고 이성적이지 못한 결정을 내리도록 이끌어 스스로를 궁지에 몰게 된다.

그러므로 자신이 분노했음을 보여주려 할 때, 상대방의 무례를 가만히 두고만 보지 않을 것임을 알려야 할 때는 침묵이 가장 좋은 방법이다. 타오르는 불보다 강한 것은 조용히 그리고 잔잔히 가라앉는 물이라는 것을 마음 깊은 곳에 새겨야 한다.

항상 착한 것은
착한 것이 아니다

　나이가 어린 사람이나 관계를 폭넓게 경험해 본 적이 없는 사람들이 저지르는 치명적인 실수가 있다. 바로 착하면 다 되는 줄 알고, 그게 무조건 좋은 것이라고 믿고 때와 장소의 구분 없이 실실 웃기만 하는 것이다. 고마워할 줄 모르는 사람에게 호의를 베풀고 조롱 섞인 농담 앞에서도 머리를 긁으며 고개만 끄덕인다. 집에 와서 마음이 조금 불편해지더라도 일단 사람들 앞에서는 무엇이든 알겠다고 대답하고 괜찮다고 말한다.

아무 때나 그리고 누구에게나 착한 것은 착한 것이 아니다. 그저 바보가 되기를 자처하는 것일 뿐. 착할 필요가 없을 때도 나의 순하고 착한 모습을 보여주면 어떤 사람들은 나를 얕보기 시작한다. 얕보지 않더라도 언제나 다정함의 기본값이 비슷해 보이는 나를 보며 나의 진심을 의심하고 오해할지도 모른다.

그러므로 이제는 착한 모습을 아껴보자. 내가 착하다는 것을 세상 사람 모두가 알아야 할 필요는 없다. 내가 나의 착함을 알아주는 것으로 충분하다. 상대방이 나의 배려를 정말 필요로 할 때, 그리고 나의 말과 행동이 주변에 좋은 영향을 끼칠 거라고 판단될 때만 착한 사람이 되어주자. 그래야 내가 사람들로부터 안 다치고 그 외의 사람들에게도 오해의 여지를 남기지 않게 될 것이다.

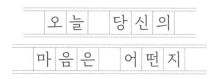

오늘 당신의
마음은 어떤지

'이 사람은 여린 사람이니까 챙겨줘야 해.'
'저 사람은 마음이 강한 사람이니까 괜찮아.'

그렇게 사람 마음의 단단함을 너무 쉽게 단정 지으면 안된다. 언제나 그랬듯 우리는 타인에 대해 아는 것보다 알지 못하는 것이 훨씬 더 많기 때문이다.

평소에 약한 사람이라고 여겨져서 주로 챙김을 받던 사람이 모두가 낙담하고 있을 때 오히려 강한 모습을 보여주기도 한다. 또 누구보다도 강한 마음을 지닌 것처럼 보이던 사람도 요즘 잘 지내고 있는 거냐고 묻는 가족의 문자 메시지 한 통에 무너져버리기도 한다. 바로 그런 게 사람 마음이다.

함부로 어림잡지 말고 그때그때의 마음을 들여다보자. 오늘의 당신 마음은 어떤지. 챙겨줘야 할지 멋지게 바라봐주면 될지를 지켜보자. 그게 누구도 다치게 하지 않으면서 동시에 누구에게나 다정한 사람이 되어주는 방법일 테니까.

보내주자

사랑한다는 사실 하나에 눈이 멀어 다른 어두운 것들을 못 본 척하지 말자. 나도 모르는 사이에 그 사람이 나를 자신의 입맛대로 구워삶고 있지는 않은지. 죽지 않을 만큼만 자잘하게 상처를 주고 있지는 않은지. 나만 너무 많은 것을 이 사람에게 희생하고 있지는 않은지. 내게 이 사람이 전부인 것처럼 이 사람에게도 내가 전부인 줄 알았는데, 사실은 그렇지 않은 건 아닐지. 그렇게 사랑하는 마음 바깥에 있는 것들도 살펴볼 줄 아는 사람이 되자.

사실 모든 관계는 유리처럼 약하고 덧없다. 얇은 유리잔을 떨어뜨리기 싫어 세게 붙잡으면 오히려 손안에서 깨져버리고 만다. 그래서 나를 아프게 만들고 만다. 그렇게 나의 노력과는 상관없이 깨어질 건 언젠가 깨지고 떠나갈 것은 떠난다. 그러므로 관계에 너무 몰두하지 말자. 적당한 정성은 쏟아붓되 너무 집착하지는 말자.

우리 그렇게 보내줄 것은 보내주자.

2장

꽃은 돌아오니까

나를 멋진 사람으로 만드는 것들

1. 책 읽는 습관

책을 읽는 모습 자체도 분위기 있어 보이지만, 진짜 변화는 내면에서 일어난다. 한 권의 책을 읽은 뒤에 단 한마디라도 그 책 속의 문장을 남에게 이야기할 수 있게 된다면 성공적이다. 그와 같은 고급스러운 매력은 독서를 통해서가 아니라면 얻을 수 없다.

2. 어른스러운 말버릇

아무리 외모가 훌륭해도 말버릇이 경박하면 바로 호감도가 떨어진다. 때와 장소에 따라 말을 가려서 해라. 정말 가까운 사람의 앞이 아니라면 절대 비속어는 쓰지 마라. 적극적으로 듣고 신중하게 대답해라. 그것만으로도 나와 대화를 나누고 싶어 하는 사람이 많이 생길 테니까.

3. 매너와 예의

중요한 사람에게만 차리는 예의가 아닌 한 번 보고 말 사람들에게도 보이는 예의가 진짜 예다. 누구에게나 예외 없이 예를 갖추는 사람만큼 속 깊어 보이는 사람은 없다. 또 그런 사람과 함께 있으면 나 역시도 그처럼 품격 있는 사람이 된 것만 같다.

그러므로 정리해보자면 멋지다는 감상은 어쩌면 외면이 아니라 내면을 가꾸는 일을 통해 더욱 쉽게 불러올 수 있는 감상일 것이다. 심지어 외면의 멋짐은 너무도 쉽게 변하거나 사라지지만 내면의 멋짐은 영원에 가깝도록 계속되기까지 한다.

당신은 하루 중 얼마만큼의 시간을 마음을 살찌우는 데에 투자하고 있을까? 오늘보다 내일 더 멋져질 당신의 모습이 벌써부터 기대된다.

먼지처럼
가벼운 말들

어떤 사람들은 나와 친하지도 않고 나에 대해 잘 알지도
못하면서 너무도 쉽게 왈가왈부하곤 한다. 내가 나름대로
생각이 있어서 내린 결정이나 이유가 있어서 하는 행동을
대충 흘겨보고는 그건 틀린 방법이라고 속단하거나 뒤에서
저들끼리 수군거리는 것이다.

내가 그들에게 아무것도 아니기 때문에 그런다. 그들에
게 중요한 사람도 기분이 좋건 나쁘건 신경 쓸 만한 사람도
아니기 때문에 일단 간섭해버리거나 평가해버리고 본다.
내가 그들에게 정말로 의미가 있는 사람이라면 어디 그렇게 쉽게 말을 뱉었겠는가. 오히려 고민에 고민을 거듭해서 조용하게 상처가 되지 않게 말했겠지.

그들에게 내가 그다지 소중한 사람이 아닌 것처럼, 나 역시 그들의 말을 대수롭지 않게 여겨야 한다. 그 말들은 실제로 내게 중요하지 않다. 나의 결정이 어쩌면 정말로 잘못됐을 수도 있지만, 내가 그것을 번복하게 만들 힘도 갖고 있지 않으며 그 말을 따라봤자 여러모로 좋지 않은 결과만을 가져다주기 십상일 것이다.

정신 사납게 날아다니는 먼지를 일일이 신경 쓰기 시작하면 나는 어디에도 가지 못하고 어디에서도 행복하지 못할 것이다. 그러니 이제 '먼지는 나를 해치지 못한다'고 용감하게 외치고 나의 길을 걸어야 할 때이다.

우리는
서로를 모른다

"무슨 말인지 알지?"

이런 말은 가끔 당혹스럽게 다가온다. 상대방은 내가 당연히 알 거라고 생각해서 한 말이겠지만, 정작 나는 모를 때도 있기 때문이다.

관계는 대충 맺으려고 하는 순간, 그러니까 표현을 귀찮아하는 순간 병들기 시작한다. 말하지 않아도 뭔가 통하는 순간은 분명 짜릿하고 특별한 순간이지만, 매 순간을 그런 식으로 뭉뚱그리면 가까웠던 사이였더라도 점점 소통은 줄

어들고 관계는 말라가기만 한다.

나아가서는 서로가 실망하게 된다. 한쪽에서는 당연히 알 줄 알았는데 몰라줘서 실망. 다른 한쪽에서는 네가 어떻게 내게 그렇게 무심할 수 있느냐면서 실망하는 거다.

아무리 친하더라도 상대방은 내가 아니라는 생각, 그러므로 내가 알고 생각하는 모든 것을 상대방도 다 알 수는 없는 거라고 생각하는 것이 좋다. 그리고 가끔은 새삼스럽더라도 자세히 표현하는 시간을 갖는 것이 좋다. 그러면 기대할 일도 실망할 일도 없을 테니까. 언제까지나 애틋한 사이로 함께할 수 있을 테니까.

힘든 게 맞아

"뭘 그런 걸로 힘들어 해?"

"힘들어할 일 아니야. 괜찮은 거야."

물론 그런 말들이 힘이 될 때도 있지만 그렇지 않을 때가 더 많다. 나는 용기내서 어려움을 털어놓은 건데 말 한마디로 그걸 부정당하니 조금 초라한 기분이 드는 것이다. 사실 사람들은 다 쉽게 생각하는 문제인 건데 나만 이걸 어려워하는 건가, 내가 부족한 건가 싶기도 하고.

누군가의 힘듦을 보고 별로 안 힘든 거라고 괜찮은 거라고만 말하기보단 '너는 실제로 정말 어려운 일을 하고 있다'고 말해주는 건 어떨까. 그게 정말로 어렵고 힘든 것이기 때문에 네가 지치는 거라고. 지치는 것이 당연하다고 말이다.

그러한 이성적이고도 현실적인 다정함이 무작정 좋은 말만 해주거나 괜찮다고 말해주는 것보다 훨씬 힘이 세게 다가올 때가 있으니까.

지지 않는
말하기 방법

1. 감사와 사과를 덧붙인다

원하는 것만 말하는 것은 떼쓰는 것으로밖엔 보이지 않는다. 전달해야 할 것을 다 건네고 난 뒤에 들어줘서 고맙다고 말하거나 번거로우실 텐데 죄송하다는 말을 덧붙이자. 상대방의 마음에서도 없던 호감마저 생길 테니까.

2. 목소리로 화내지 않는다

간절한 만큼 격앙된 목소리로 말해야 한다는 건 착각이다. 원하는 바가 있을수록 간결하고 차분하게 말하는 것이 좋다. 감정적으로 나오는 사람에게는 마찬가지로 감정적으로 나갈 수밖에는 없는 게 사람 마음이다.

3. 듣고 말한다

말하고 들으면 언제나 반론을 듣는 입장이 되므로 불리하다. 상대방의 이야기부터 다 듣고 나서 잠시라도 생각할 시간을 가진 뒤에 말하자. 그런 말에는 감동도 설득력도 실려 있을 테니까.

말이라는 건 정말 '아' 다르고 '어' 다르다. 똑같은 핵심 메시지더라도 그것을 어떻게 포장하느냐에 따라 결과는 천차만별이다. 그러므로 충분히 의견을 전달했다고 생각했는데 무언가가 부족하거나 일이 잘 성사되지 않았다면 원래 이렇게 됐을 거라 생각하는 대신 전달하는 방법이 잘못되지는 않았었는지를 생각하는 것이 맞을 것이다.

시간에 관하여

어릴 땐 시간이 흐르는 게 마냥 두렵기만 했다. 시간이 흘렀기 때문에 사랑하는 사람들이 늙고 병들었으며, 시간이 흘렀기 때문에 사랑했던 마음 같은 것들도 서서히 변질했기 때문이다. 그러므로 시간은 언제나 나를 울게만 한다고 영원히 시간이 멈춰 있는 세상이 있다면 좋겠다고 생각했었다.

하지만 시간이 더 지나가고 보니 알겠더라. 시간은 많은 것을 데리고 가지만, 동시에 강해진 마음이나 새로운 설렘처럼 많은 것을 가져다주기도 한다는 것을. 시간은 나를 울게 하기도 하지만, 동시에 내 오랜 눈물을 말려주기도 한다는 것을. 나쁜 기억들을 기억도 안 날 만큼 멀리 날려버려 주기도 한다는 것을.

시간이라는 것은 아주 거대하고 강력한 바람과 같다는 것을 이제야 깨닫는다. 다행이다. 시간이 흐른다는 게. 다 지나간다는 게. 새로운 것이 다가오고 있다는 게.

느려도 늦어도

4월에는 벚꽃이 피고 5월에는 장미가 핀다. 타오르는 8
월에는 태양처럼 커다란 해바라기가 피고 모든 것이 얼어
죽을 것만 같은 1월에도 동백이라는 꽃이 피기 시작한다.
꽃만 그럴까. 각각의 예쁜 색과 달콤함을 품은 열매들도 결
실을 맺는 시절은 따로 있고 동물들도 자신의 주기에 맞춰
더 튼튼하고 강하게 자라난다. 그리고 그러한 속도는 서두
른다고 앞당길 수 있는 게 아니다.

마찬가지로 우리의 여러 속도도 조급하게 생각할 필요가 없다. 꽃마다 피는 시기가 다른 것처럼 누구에게나 자신만의 만개하는 시기가 따로 있는 법이다. 스무 살에는 반드시 대학교에 진학해야 하며 서른 무렵에는 좋은 사람을 만나 결혼해야 한다는 말, 이후에는 남들처럼 충분한 돈을 모아서 안정적인 삶을 준비해야 한다는 말에 크게 휘둘릴 필요가 없다는 말이다.

세상의 속도에 너무 맞추려 하지 말고 조바심 내지도 말고. 나의 속도로 살아가야 한다. 나의 속도로 살아가면 그만이다. 느려도 늦어도 늦은 게 아니다.

나에게 감동하는 일

세계선수권대회처럼 큰 대회에 나간 선수들의 표정은 천차만별이다. 은메달을 따고도 금메달이 아니면 의미가 없다는 듯이 자책하는 눈물을 흘리는 선수도 있는 반면, 동메달을 따고도 금메달리스트보다 기뻐하는 사람도 있다.

어떤 일을 할 때 그 일에 관한 미련이나 후회를 없애는 방법은 간단하다. 바로 내가 감동할 수준까지 열심히 해보는 것이다.

내게 감동을 주는 일은 은근히 어렵다. 내 일하는 방식과 약점을 가장 잘 아는 사람은 바로 나 자신이기 때문에 적당한 노력으로는 스스로 감동하기가 몹시 어렵기 때문이다. 하지만 적당한 노력이 아닌 치열한 노력을 쏟아부으면 결국 내가 나에게 감동하는 순간이 온다.

그런 단계에 접어들었다면 후회도 미련도 좀처럼 남지 않는다. 승리와 패배, 성공과 실패 따위도 상관없다. 1등을 하거나 상을 타지 못하더라도 스스로도 감동할 정도로 내가 할 수 있는 모든 것을 했으니 애초에 다른 생각은 들지 않는 것이다.

하는 일이 마음에 들지 않는다면 노력이 충분했는지를 확인해보자. 내가 나에게 감동할 만큼 노력이 충분했는지를 말이다.

행복에 관한 진실들

1. 행복하지 않아도 된다

하루라도 행복하지 않으면 큰일이라도 난 줄 아는 사람들이 있다. 하지만 어떻게 매일이 좋을 수만 있겠는가. 행복도 쉬어야 할 때가 있다. 행복이라는 말에 너무 집착하기 시작하면 매일이 피곤해지기만 할 뿐이다.

2. 행복은 무조건 크지 않다

복권에 당첨되거나 사랑을 쟁취하는 것만이 행복이 아니다. 그런 것들만 행복이라고 부를 수 있다면 세상에는 불행한 사람만 가득할 것이다. 거대한 행복 주변에 있는 작고 사소한 행복에 집중해보면 나를 웃게 할 일은 어디에나 있다는 걸 알게 된다.

3. 행복은 빼앗을 수 없다

종종 나의 행복을 위해 남이 행복할 기회를 희생시키는 사람들이 보인다. 그렇게 얻은 행복은 처음에는 달콤하기만 하겠지만, 결국 죄책감과 허무함으로 쓴맛을 가져오고 말 것이다.

행복은 멀리에 있지도 않고 커다랗지도 않다, 그저 내가 행복이라고 여기기만 한다면 무엇이든 행복이 될 수 있다. 그게 남들은 별것 아니라고 생각하는 하찮은 것일지라도 말이다. 하루라도 빨리 행복에 관한 정의를 다시 내릴 수만 있다면, 우리가 행복할 수 있는 날은 그만큼 더 늘어날 것이다.

할까 말까
싶을 때는

실패를 두려워하다 보면 인생 전체가 실패가 된다. 크고 작은 실패가 두려워 차라리 아무것도 시도하지 않기를 계속 선택하다 보면, 훗날 살아온 날들을 되돌아봤을 때가 돼서야 정말 자신이 바보 같이 살아왔다는 것만을 깨닫게 되는 것이다.

능력이 부족해서 그랬다거나 가난해서 그랬다는 변명을 늘어놓을 수도 없다. 주변을 대충 둘러봐도 주변 환경과 관계없이 용기를 갖고 시도하는 사람이 많기 때문이다.

할까 말까 싶을 때는 무조건 해야 한다. 무언가를 도전해서 실패했다고 하더라도 그 실패는 내 작은 경력 하나가 되어 주고 다음 성공을 더 잘 거머쥘 수 있게 해주는 도구가 되어주기 때문이다. 또한 몇 번쯤 실패를 겪어보면 실패의 아픔이라는 것이 그렇게까지 크고 대단하지 않다는 것을 알게 되어 두려움도 점점 줄어든다. 무엇보다도 자신감이 붙는다는 것이 가장 크다. 아무리 확률이 낮은 일이라고 할지라도 아무것도 하지 않으면 가능성이 0에 머물고 말지만, 어떻게라도 뛰어들어보면 가능성이 무조건 0보단 크다는 것을 깨닫게 되는 것이다.

해낼지 해내지 못할지는 누구도 모르는 일이다. 어쩌면 당신의 것이 될지도 모르는 성공을 이른 포기로 날려버리는 일이 없기를 간절히 바란다.

새 사람

사람은 잘 변하지 않는다는 말이 있다. 당연한 사실이다. 스무 살이 됐든 여든 살이 됐든, 누구에게나 그만큼 살아온 세월이 있기에 그에 상응하는 만큼의 시간이나 노력이 없이는 그동안 만들어지고 굳어졌던 내가 전과 달라지기는 어렵기 때문이다.

하지만 더 나은 사람이 되기 위해서, 더 후회 없는 사람, 더 사랑받는 사람이 되기 위해서는 그 어려운 흐름을 깨야만 한다. 나쁜 습관을 없애야 하고 삶의 깊이와 폭을 늘려야한다. 싫어했던 사람을 용서해보기도 해야 하며 때로는 익숙한 곳으로부터 떠나기도 해야 한다.

결국 그런 노력은 나를 더 좋은 곳으로 데려다주는 동시에 주변 사람들에게도 감동을 줄 것이다. 몇몇 사람은 그런 나의 모습에 감동해 그들 역시도 더 좋은 사람이 되려 애써 보기도 할 것이다.

살아온 세월을 이겨내며 새사람이 되는 것만큼 어려우면서도 성숙한 행동은 없다.

청 소

열 번 좋다가도 한 번 안 좋으면 그 하루가 나쁜 하루로 기억되고 모든 치아가 건강하더라도 충치가 하나 생기면 그것에만 온 신경이 집중된다.

사람도 그렇다. 내 주변에 있는 거의 모든 사람이 다 좋은 사람인 것만 같은데, 그래서 내 인생은 참 복 받은 인생인가 보다 생각하려던 참인데, 하나 있는 무례하거나 비겁한 사람이 눈에 들어와 삶이 통째로 불행해진다. 좋은 사람이 나쁜 사람보다 절대적으로 많은데 자꾸만 나쁜 쪽에만 정신이 팔려 고통스러워하는 것이다.

더는 아프지 않기 위해 충치를 뽑아내는 것처럼, 나쁜 사람 한 명이 내 매일매일과 일생을 병들게 하기 전에 관계도 청소해 줄 필요가 있다. 어떤 이유에서라도 말과 행동으로 내게 상처를 줘도 되는 사람은 없다. 아픈 것도 나쁜 것도 가끔은 적극적으로 치워야만 한다.

누군가를
시기하려 할 때

1. 그 사람의 노력에 대해 생각해봤는가?

겉으로 드러나 있는 것들에만 눈이 멀어 다른 것들은 신경 쓰지 못하고 있었을 수도 있다. 그것들을 갖기까지 그가 얼마나 많은 노력을 해왔는지를 생각해볼 필요가 있다.

2. 그를 시기한다고 해서 얻어지는 게 있는가?

그를 시기하기에 그를 따라잡으려 내가 부지런히 움직이고 있는 게 아니라면, 그리고 그를 시기하는 마음에 내가 좋지 못한 말과 행동만을 일삼고 있다면, 나는 도대체 무엇때문에 이런 경제적이지 못한 일을 하는 걸까?

3. 그 사람을 보는 만큼 나 자신도 보고 있는가?

내게 없는 것을 그 사람이 갖고 있는 것처럼 그 사람에겐 없는 것을 이미 내가 지니고 있을 수도 있다. 또 나도 모르는 사이에 스스로 많은 성장을 이뤄냈을 수도 있으므로, 더는 누군가를 시기할 필요가 없어졌을지도 모른다.

대부분의 시기하는 마음은 쓸모가 없다. 결과적으로 그 사람을 깎아내리는 게 아니라 나의 품격이 깎이는 경우가 많으며, 생산적이지도 건설적이지도 못하기 때문이다. 누군가를 시기하려는 마음이 솟구칠 땐 거울을 보자. 그 안에 그 누구보다도 신경 써야 할 사람이 있을 테니까.

모 두 가   힘 들 다

　사람은 어쩔 수 없이 자신을 가장 중요하게 생각하기 때문에 자신의 불행과 피로, 억울함이 굉장히 특별하다고 생각하지만, 사실 다른 사람들도 나와 비슷한 만큼의 슬픔과 아픔을 저마다 떠안고 있다.

　너만 힘든 게 아니라는 말, 그러니까 힘든 내색을 하지 말라는 말을 하려는 게 아니다. 서로를 아껴주는 사람끼리 의지하고 힘이 되어주긴 하되 그때그때의 상황을 봐가며 소통할 필요가 있다는 말이다. '아무튼 오늘 나는 힘들었으니까 알아주고 안아줘.'라는 식의 요구에서는 배려하는 마음도 성숙한 품격도 찾아볼 수 없다.

그러기보단 내가 힘든 만큼 상대방에게도 나름의 힘든 사정이 있을지 모르니 나의 힘든 것을 무기로 삼아 너무 무례하게 굴거나 매달리지는 말자는 거다. 그러면 상대방도 나의 그런 배려를 알아채는 순간 나에게 고마움을 느끼며 더 좋은 사람이 되어주려 노력할 것이다.

항상 서로를 살피며 적당히 기대고 곁을 내어주는 것. 진짜 서로를 위한 관계는 바로 그런 관계가 아닐까.

주변을 살펴봐야 하는 이유

"사람은 네 명인데 이렇게 케이크가 세 조각만 남으면 말이야, 그 누구도 먹지 못하는 사람이 있어선 안 돼. 차라리 다 안 먹고 말지. 인간은 시시해지면 끝장이야."

구교환 배우가 출연한 영화 〈꿈의 제인〉의 대사이다. 처음 이 대사를 접했을 때 머리를 한 대 맞은 것처럼 충격이 컸고 여운도 오래갔다. 우리는 그동안 모르는 사이에 얼마나 자주 시시한 사람이 됐었는지. 케이크를 먹는 사람들의 한가운데서 케이크를 먹지 못한 사람의 마음이 어땠을지가 먹먹하도록 궁금해져서.

시대가 흐를수록 혼자는 커지고 함께는 줄어든다. 나부터 사는 게 중요하다지만, 주변을 너무도 챙기지 않아서 다치거나 죽는 사람이 생기는 끔찍한 사고들이 끝도 없이 일어난다. 그러면 고작 어쩔 수 없었다는 말이나 몰랐다는 말만을 앵무새처럼 되풀이한다.

당사자가 되어서야 후회하기 시작한다. 나는 지금 당장 너무도 절박하고 죽을 것 같은데 사람들은 자기 것만 챙기느라 나의 사정을 봐주지 않는 것을 보면서 '서로 보살피며 지낼 걸 그랬다'라고, 너무도 늦게 참회하는 것이다.

미리 살펴봐야 한다. 내 주머니를 생각하는 동시에 주변 사람들의 주머니를 함께 들여다봐야 한다. 영화의 대사가 그런 것처럼, 인간은 정말로 시시해지면 끝이니까.

자존감 균형잡기

　과연 어디까지가 겸손이고 어디서부터가 자기 비하인지 모르겠다. 또 어디까지가 자신감이고 어디서부터가 허세인 지도 모르겠다.

　분명한 것은 과도한 겸손과 허세 모두 내 삶에 악영향을 끼친다는 것이다. 스스로를 너무 과하게 깎아내리면 나는 물론이고 다른 사람들도 내게 기대를 품지 않는다. 어떤 쓸 모도 없는 사람의 곁에 머물기를 자처하는 사람은 거의 없을 것이다. 또 스스로를 너무 많이 추켜세우면 너무도 많은 사람이 너무도 많은 기대감을 내게 품는다. 하지만 곧 그 기대는 무너져 내리고, 사람들은 나를 별 볼 일 없는 사람이라고 나무라며 떠나가고 말 것이다.

괜찮은 관계를 유지하기 위해, 그리고 내 자존감을 건강하게 유지하기 위해서 너무 주눅 들지도 말고 너무 치장하지도 말자. 물론 그 중간 지점을 찾고 그곳에서 크게 벗어나지 않는 것이 처음에는 어려울지도 모른다. 하지만 그렇게 우여곡절을 겪으며 쌓아 올린 '진짜 자존감'은, 웬만해선 무너져 내리지 않는 나의 기댈 구석이 되어줄 것이다.

사랑은 언젠가 끝나지만

언젠가는 끝이 있을 거라고 생각해서 사랑을 포기하는 사람들이 있다. 어차피 헤어질 텐데 애초에 시작조차 하지 않으면 헤어질 일도 없는 것이 아니냐면서.

사실이다. 어차피 세상의 모든 것에는 끝이 있고 모든 존재는 변하거나 사라지기 마련이다. 하지만 중요한 것은 그러한 유한한 것들을 어떻게 채워가고 어떻게 대하느냐이다.

일하는 의미. 누군가를 만나는 의미. 숨 쉬는 의미. 사람은 의미를 찾으면서 살아가야 하는 생물이다. 무언가를 사랑하는 일 역시 사람이라면 게을리하지 말아야 하는 일이다. 만약 그를 소홀히 한다면, 언젠가는 반드시 이유 모를 공허함에 휩싸여 사랑을 잃은 것보다 더 커다란 고통을 겪게 될 것이다.

사랑이 끝난다고 해서 추억마저 소멸하는 것도 아니다. 우리와 우리의 사랑은 누군가에게 기억되는 식으로 영원히 살아갈 수도 있는 존재들이다.

끝이 있기에 더 소중하다. 그 끝이 두려워 아무것도 하지 않으면 훗날 짙은 후회 말고는 남는 게 없을 것이다. 힘껏 사랑해본 사람만이 삶의 마지막 날에 활짝 웃을 수 있다.

꽃은 돌아오니까

지는 꽃을 보며 속절없이 슬퍼했던 날이 있었다. 꽃이 너무 빨리 지기 때문에 슬펐고 앙상한 나뭇가지만 남는 것이 슬펐다. 그게 꼭 죽음인 것만 같고 이별인 것만 같아서 눈물만 흘렀다.

그런데 살아보면 죽음도 이별도 아니었더라. 계절이 다시 돌아오면 울었던 것이 민망할 정도로 다시 새로운 꽃이 피곤 했으니까. 꽃은 단지 죽은 게 아니라 다음 번을 기약하며 숨을 고를 뿐이었다.

인생도 그런 게 아닐까. 멀리서 보면 그저 들숨과 날숨에 불과할 뿐인데 가까이서만 보기에 모든 것을 슬퍼하고 있는 게 아닐까.

그러므로 너무도 많은 것에 일일이 슬퍼하지는 않기로.
멀리 보면 반드시 올아오는 것도 있으니까.
그때 활짝 웃으며 반가워하면 그만이니까.

어른스러운 관계의 방법

관계에서 자기 기준만 앞세우는 사람은 그게 잘못됐다는 것도 몰라서 더 문제다. 그들은 누구의 앞에서든 그 사람의 사정을 생각하지 않는다. 자기만 생각해서 말하고 행동한다. 그리고 그 과정에서 상대방이 상처를 받거나 불쾌함을 내비치면 이렇게 반응하고 마는 것이다.

"난 원래 이래."

"왜 이런 걸로 기분 나빠해?"

"상식적으로 이게 맞지 않아?"

나의 눈물 한 방울에 마찬가지로 똑같이 눈물을 흘려줄 정도의 적극적인 공감을 바라는 것이 아니다. 다만 적어도 나에게는 합리적이라고 생각하는 기준, 내가 세운 기준이 누군가에게는 불합리하게 다가갈 수 있음을, 나의 일상적인 언어가 누군가에게는 상처를 줄 수도 있음을 인지해야 한다는 말이다.

나의 처지와 기준만을 생각해서 쉽게 말하고 행동하는 건 어린아이도 할 수 있다. 나이가 찼는데도 자기만 생각하며 지내는 것은 영혼이 성숙하지 못했음을 스스로 보여주는 일이나 마찬가지다. 더 좋은 사람이 되어 좋은 삶을 살아가기 위해선, 관계는 혼자가 아닌 둘 이상이 맺는 것이기에 당연하게도 상대방을 생각해야 한다는 것을 언제나 잊지 말자.

공 허 해 소 법

공허함이라는 감정은 배고픔이라는 감각처럼 당연한 현상이다. 매일 똑같은 하루를 보내다 보면 삶의 낙이 없다는 생각에 공허해지기도 하고 무언가를 잃은 반작용으로 공허함이 엄습하기도 한다.

사람들은 보통 그렇게 생긴 마음의 허기를 외부의 것들로부터 충족하려고 한다. 접해본 적 없는 영화나 음악을 찾아 나서기도 하고 기름지고 자극적인 음식과 독한 술을 몸속에 채워넣기도 한다. 사람을 잃은 사람은 누구여도 좋으니 그 빈자리를 채워줄 대체자를 급하게 구하려고 분주히 움직인다.

그런 행동들은 어쩔 수 없이 부작용을 불러온다. 공허함이라는 감정이 지닌 이미지 자체가 밋밋한 느낌이므로, 그 대척점에 있는 강렬하고 자극적인 것들만을 찾다 보니 몸과 마음 곳곳이 망가지기 시작한다. 또한 그 자극들에 관해서 내성이 생기고 역치가 높아지기 때문에 점점 더 큰 자극을 찾고 그 큰 자극으로 인해 더더욱 빠르게 망가지는 악순환에 빠져버리고 만다.

관계 역시 마찬가지다. 너무도 쉽게 관계 맺기를 결심하고 그 관계에 과하게 매달리므로 정말로 내가 바라는 것이 무언인지를 잊고 어떤 사람과 함께해야 하는지를 모르게 되는 등 내면이 피폐해진다.

몸과 마음의 공허함을 건강하게 해소해주는 것들은 따로 있다. 바로 나의 바깥이 아니라 내면으로부터 빈 곳으로 채워나가게끔 해주는 것이 그렇다. 독서와 명상, 산책과 같은 일들은 자극은 적지만 마음을 풍요롭게 만든다. 그렇게 안으로부터 바깥으로 서서히 완전해진 사람은 이후에도 더 건강한 것들을 찾게 되고 더 좋은 사람을 신중하게 만날 줄 알게 된다.

몸에 해로운 음식과 이로운 음식이 따로 있는 것처럼, 마음을 충만하게 해줄 수 있는 행위와 요소들은 따로 있음을 잊지 말아야 하는 이유이다.

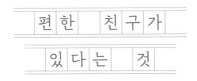

편한 친구가 있다는 것

근사한 것들도 물론 좋지만, 그래도 괜찮은 생활을 위해선 편한 옷과 편한 집이 꼭 필요한 것처럼 화려한 사람들뿐 아니라 편한 사람도 꼭 곁에 있어야 한다.

아무 때나 부를 수 있는 '편안한 친구'를 사귄다는 것. 그건 말로는 쉬운 것 같지만 사실은 굉장히 어려운 일이다.

편한 사이에서라면 시시콜콜한 이야기도 주고받겠지만 응당 허심탄회하게 솔직한 이야기와 꺼내는 데에 용기가 필요한 이야기도 해야 하는 건데, 막상 그럴 수 있는 사람이

몇이나 되나 주변을 둘러보면 거의 보이지 않는다. 또 그런 말들을 털어놓다 보면 자연스레 나의 약점이나 상처도 그 사람이 알게 되는데, 그걸 믿고 터놓고 공유할 만한 사람은 그보다도 찾기가 어려운 게 사실이다.

그러므로 그런 편한 친구가 있다는 것은 어쩌면 어디에 자랑해도 될 만큼 대단한 사실일지도 모른다. 그런 친구는 내가 아무리 깊은 곳까지 가라앉아도 기꺼이 숨 쉴 구멍이 되어줄 테니까.

관계를 짓다

관계도 시작이 반이다. 한 번 돌아선 마음은 되돌리기 힘드니까 처음부터 단단하게 잡아가는 것이 좋기 때문이다.

막 친해지기 시작한 사이에서 서로에 관한 질문과 대답을 부지런히 주고받는 이유도 이 때문이다. 서로를 소개하고 공부한다. 취미와 취향을 외우고 좋아하는 것과 싫어하는 것을 파악한다. 그 과정에서 이런 것을 해주면 좋아하겠구나, 절대 이런 언행은 참아야겠구나 다짐 아닌 다짐을 한다.

하지만 가끔 불꽃처럼 빠르게 불이 붙는 관계도 있다. 서로를 향한 강렬한 끌림에 정신이 팔려 알아가는 과정을 생략하고 몸부터 내던지는 것이다.

아닌 경우도 있지만, 그렇게 시작된 관계는 다시 불꽃처럼 빠르게 사그라들곤 한다. 처음에는 보이지 않았던 서로에 관한 정보들이 보이면서 어쩌면 자신과 맞지 않을 수도 있겠다고 생각하며 멀어지기 시작한다.

관계는 불태우는 것이 아니라 집처럼 지어가는 것이다. 둘이 머물 공간을 둘이 만들어가는 일이다. 관계가 쉽게 무너지지 않도록 충분한 질문과 대답들로 벽돌을 쌓아가야 한다. 한 번 무너진 마음은 정말로 다시 쌓아 올리기 어려우니까.

쓰기 전에 생각했나요?

누군가는 말 한마디로 평생 갚아야 할 은혜를 입었다고 생각하기도 하고 누군가는 말 한마디로 평생 어떤 사람을 적으로 두기도 한다. 신기한 일이다. 태어날 때부터 갖고 태어난 몸과 머리로 몇몇 단어들을 배워서 조합해 뱉을 뿐인데 그게 그렇게 큰일을 하다니.

어쩌면 그런 이유로 우리가 말을 가볍게 여기는 것일지도 모른다. 말이라는 것에는 무게감도 실체도 없으니까 일단은 쉽게 뱉고 보는 것이다.

하지만 어떤가. 결국 그렇게 뱉어진 말은 의도가 어땠었건 간에 빠르게 날아가서 누군가에게 박혀 상처를 남기고, 뒤늦게 주워 담을 수도 없어 오랫동안 미안한 마음을 갖게 만들기도 한다. 과정은 가벼울지 몰라도 언제나 무거운 결과를 내놓는다는 말이다.

우리는 활이나 총과 같은 무시무시한 무기를 쥔 사람이 손가락의 결정에 따라 사람을 죽이거나 살릴 수 있다는 것을 잘 안다. 하지만 말도 그와 비슷하다는 것은 잘 모른다. 그러니 이제부터라도 말하기 전에 한 번은 꼭 생각하기를. 은연중에 상처를 줄 수 있는 말은 일단 한 번은 무조건 참고 봐야 한다.

잘 살고 있는 건지
헷갈릴 때

1. 규칙적인 하루를 보내고 있는지

비슷한 시간에 잠자리에 들고 비슷한 시간에 잠에서 깨는 일은 생각보다 중요한 일이다. 먹고 자는 흐름이 한 번 틀어지기 시작하면 꽤 오랫동안 그것에 시달리게 되기 때문이다. 하루가 모여 일주일이 되고 일주일이 모여 삶이 된다는 것을 기억하자.

2. 목표로 하고 있는 게 있는지

일생일대의 목표여도 좋고 이번 달의 목표여도 좋다. 목표가 있는 사람들은 늘 건강한 에너지를 내뿜는다. 우울이

파고들 틈이 없이 부지런히 움직이려 하기 때문이다.

3. 생각하면 웃음이 나오는 사람이 있는지

연인일 수도 있고 가족이나 친구일 수도 있겠다. 종종 그
들을 생각하며 서로 응원의 말을 주고받고 있는지를 확인
해보면 내가 세상에서 얼마나 중요한 사람인지를 다시금
확인하게 된다.

4. 점점 더 나은 사람이 되고 있는지

무엇이든 고여 있는 것은 썩기 마련이다. 겉모습이든 마
음씨이든 상관없이 조금이라도 나은 사람이 되어가고 있다
는 건 내 삶이 큰 문제 없이 좋은 곳으로 순항하고 있다는
증거일 것이다.

일 방 통 행

나를 귀찮아하는 게 눈에 보이는 사람이 있다. 나는 그 사람과 함께하는 것이 언제나 반갑고 즐거운데 그 사람은 온몸으로 자기는 그렇지 않다고 말한다. 자기가 필요할 때만 나를 찾고 그게 아닐 때는 살았는지 죽었는지조차 알지 못할 정도로 잠잠하게만 있다.

처음에야 내가 좋아하는 사람이니 상관없다고 생각할 수 있지만, 나도 결국은 사람인지라 상처받는 건 어쩔 수 없다. 뭔가 이유가 있겠지. 그 사람은 원래 그런 사람이지. 그렇게 변명을 늘어놓기엔 여태껏 언제나 마음은 일방통행이었으며 나의 마음은 말라만 갔다.

영원히 한쪽에서 다른 한쪽으로만 마음이 이동하는 관계는 있을 수 없다. 마음에는 모양이 없을지는 몰라도 질량과 부피는 분명히 존재하기에, 언젠가는 주는 쪽의 마음이 바닥을 보이기 때문이다.

그 사람이 내게 무심한 이유에는 다른 것이 없다. 그저 그 사람은 내가 그런 것만큼 나를 의미 있게 생각하지 않고 있을 뿐이다. 갖은 변명을 늘어놓으며 그 사람의 입장을 지켜준다고 해서 결코 그를 고마워하지도 않을 것이며 오히려 그런 나의 마음을 징그러워할지 모른다.

방법은 단 하나다. 그러한 차가운 진실을 조금이라도 일찍 깨닫고 관계를 정리하는 것이다. 한쪽만 다정하고 다른 한쪽은 냉담한 관계가 아닌, 서로가 마음을 주고받을 수 있는 사람을 만나서 새로운 관계를 구축하는 것이다. 그런 관계 속에서 살아간다면 마음은 영원에 가깝도록 메마르지 않을 것이다.

벽과 대화하는 기분

　세상에는 소통이 아닌 소통도 있다. 나를 이해하려 들지 않는 사람과의 소통. 그리하여 나를 지치게만 하는 소통이 그렇다.

　마치 벽을 보고 대화하는 것만 같은 기분은 나를 지치게만 한다. 처음부터 완벽하게 빚어진 관계는 없다. 다만 서로 맞춰가는 과정을 통해 점점 투박한 부분을 줄여가고 밋밋했던 곳을 예쁘게 만들어갈 뿐이다. 두 명의 인부가 팀을 이뤄 험했던 땅을 고르고 그곳에 집을 지어 올리는 것처럼 말이다. 그런데 인부 한 명은 땀을 뻘뻘 흘리면서 애쓰는데 다른 인부는 누워서 허공만 바라보고 있으면 어떻겠는가. 열심히 해보고자 마음먹었던 쪽에서도 김이 새버리고 말 것이다.

나는 너를 이해할 준비가 다 되어 있고 필요하다면 뼈와 살을 깎을 결심까지도 했는데 너는 전혀 같은 마음이 아니라는 걸 깨달을 때. 어쩌면 그때가 우리의 미래를 선택해야 할 때일지도 모른다. 두려워할 필요는 없다. 나는 이미 온 마음을 다했으니 여기에서 끝낸다고 해도 미련은 없을 테니까. 후회하는 쪽은 오히려 상대방일 테니까.

선택적 다정

내 편이라고 생각되는 사람에게만 관대하고 헤퍼지는 사람이 있다. 남이라고 생각되는 사람에게는 싸늘하게 굴다가도 절친한 사람이 말을 걸어오면 혜실혜실 웃기만 하고 철저하게 계산적으로 행동하다가도 내 사람에게라면 쓸개라도 빼줄 것처럼 자비로워진다.

일부러 차별하는 게 아니다. 호불호가 극심한 성격이어서도 아니다. 그저 지금껏 겪은 게 많아서 그렇다.

그들도 한때는 모두에게 공평하게 호의적이었을 것이다. 좋은 게 좋은 거라고 생각하며 누구에게나 웃어주고 무엇이든 나누기를 즐겼을 것이다. 하지만 그러던 어느 날 믿었던 누군가로부터 상처를 받았을 것이다. 나는 정말 앞뒤 재지 않고 베풀었는데, 이 사람은 나와 같은 마음이 아니라는 차가운 현실을 처음 맞닥뜨렸을 것이다. 그리고 결국 그 과정에서 '모두에게 친절하다 보면 내가 다치는 경우도 있다'는 것을 깨달았겠다.

사람에 따라 표정과 태도가 극명히 갈리는 것을 절대 올바르다고 말할 수는 없겠다. 하지만 그렇게 해서라도 그가 덜 다치고 더 행복할 수 있는 거라면 그 역시 나름의 관계를 맺는 정당한 방법 중 하나이기는 할 것이다. 누군가가 나를 나쁘게 보건 말건 상관없이 내가 가장 중요하게 생각해야 할 사람은 언제나 나여야 할 테니까.

3장

나 라 는   영 화

좋은 징조

한파가 지나간 뒤에는 평범한 겨울날임에도 그 적당한 추위가 반갑고 고맙다. 비가 쏟아부은 뒤에는 평소와 다를 바 없었던 하루도 괜히 선물 같다. 지독한 감기를 이겨낸 뒤에는 코와 입으로 무사히 숨 쉬는 일이 이토록 행복한 것이었구나를 깨닫는다.

힘들고 나쁜 것들이 지나간 후에 오는 것들은 그렇게 무조건 좋은 것들뿐이었다. 평소에는 좋지 않은 것들도 좋게만 다가왔다.

그러므로 당신이 지치고 힘든 시간을 보내고 있다는 건,
그 자체만으로 곧 좋은 일이 올 거라는 징조가 되는 것이다.

좋기만 할 것이다. 그게 무엇이 됐든.

나를 성숙하게 만드는 진실들

1. 모두가 나를 사랑할 수는 없다

내가 아무리 착한 일을 많이 하고 능력 있는 사람이 되려고 애써도 누군가는 반드시 나를 마음에 들어 하지 않는다. 그러므로 모두에게 사랑받으려고 애쓰기보단 나를 사랑해 주는 사람들에게 집중하자.

2. 마법 같은 일은 없다

세상의 거의 모든 일은 정직하게 흘러간다. 아주 조금만 노력했는데 커다란 보상이 돌아오는 마법 같은 일은 웬만해선 일어나지 않는다. 요행을 바라지 말자. 속만 쓰리다.

3. 억울한 일은 반드시 일어난다

잘못이 없어도 벌을 받는 일, 착하게 살아도 손가락질받는 일, 열심히 했어도 모든 일이 수포로 돌아가는 일이 당신에게도 반드시 일어난다. 그때 무너지지 않아야 더 강한 내가 되어 더 나은 삶을 맞이할 수 있다.

4. 어떤 싸움은 피해선 안 된다

누구에게나 맞서 싸워야 할 때가 온다. 당신이야 좋은 게 좋은 거라고 생각하지 타인은 그렇지 않은 경우가 많다. 소중한 것을 지켜야 할 때는 물러서지 말자.

5. 그럼에도 살아볼 만한 세상이다

인생에도 계절이라는 것이 있다고 한다. 지치는 나날만 계속되고 억울한 일이 나를 덮쳐와도 봄처럼 좋은 날은 다시 온다는 말이다. 그러므로 다가올 좋은 계절을 맞이할 것을 기대하며 오늘도 아름답게 살아가기를.

바쁘게 사는 이유

달리기나 수영을 즐기는 사람들에게 '그 운동이 재밌냐'고 물으면 신기하게도 그들은 굉장히 비슷한 대답을 내놓는다. 바로 '재미는 모르겠지만 그걸 하는 동안에는 아무 생각도 안 들어서 좋아요.'라는 대답이다.

안 그래도 온종일 생각이 많아서 스트레스인데, 달리거나 헤엄치는 시간만큼은 온전히 그 행위에 집중해야 하기 때문에 다른 생각을 할 틈이 없고 그 순간을 빌려서 마음도 조금 쉬게끔 하는 것이다.

주변 사람의 죽음이나 오랜 연인과의 실연 등을 겪은 사람이 평소보다 더 일에 매진하는 모습을 쉽게 볼 수 있다. 안 그래도 마음이 힘들 텐데 몸까지 힘들어서 어떡하나 걱정되기도 하지만, 어쩌면 그들은 나름대로 그 슬픔을 극복하는 방법으로 열심히 일하는 것을 택했을지도 모른다. 바쁘게 일하는 것 역시 생각을 멈추게 해서 불행을 잊게끔 도와주니까.

그러니 주변에 평소보다 부지런히 움직이는 사람이 보인다면 혹시라도 어떤 큰일을 겪은 건 아닌지, 커다란 슬픔 속에 있는 건 아닌지 살펴봐주는 것도 좋겠다. 그걸 안다고 해서 실질적인 도움을 주기는 어려울지 몰라도 나름의 크고 작은 토닥거림 정도는 거들 수 있을 테니까.

쉬어가도 돼

분명 여유로운 주말인데 마음 놓고 쉬지를 못한다. 일을 시키는 사람도 급히 해결해야 할 것도 없는데 초조해한다. 내가 지금 이렇게 쉬어도 되나 싶은 죄책감 비슷한 감정에 휩싸여 괴로워하기만 한다.

그래도 된다고 말해주고 싶다. 쉬어야 할 때도 마음이 불안한 건 단지 당신이 너무 열심히 살아서 노력에도 계속 움직이려 하는 관성이 붙어서 그런 거라고 설명해주고 싶다.

쉴 때 쉬어야 앞으로 또 새로운 고생도 건강하게 할 수 있다. 쉬어야 할 때 애매하게 쉬면 이후의 나날이 더 고단해지기만 한다. 그러면 다시 며칠을 지친 상태로 움직일 텐데 그런 상태로 하는 것들이 만족스럽게 느껴질 리가 없다. 그러면 그 이후에 주어진 휴일이 다시 죄스럽게만 다가오겠지.

열심히 일했으니 열심히 쉬어도 된다. 누구도 당신의 휴식을 비난할 수 없으며 혹 그런 사람이 있다고 해도 당신의 노력을 전부 알지 못해서 그렇게 말하는 것일 뿐이다. 그러니 쉬자. 푹 쉬고 새로운 시작을 준비하자. 그동안 정말 고생 많았다.

너니까 하는
이야기지만

살다 보면 가끔 누구에게도 평소와 같은 다정함과 친절함을 보여주지 못하는 날이 있다.

나를 진심으로 위하고 이해하려 하는 사람들은 그런 모습조차도 나의 일부분으로 받아들인다. 얼굴이 평소 같지 않을 땐 오히려 그쪽이 나를 챙기는 입장이 되어 무슨 일이 있는 건지 밥은 제대로 먹었는지를 물어봐 주고 내 이야기를 들어준다.

반대로 나의 상황이나 기분 같은 건 전혀 신경 쓰지 않고 평소처럼 내게 그날의 힘들었던 것들을 털어놓기만 하는 사람도 있다. '솔직히 너니까 하는 말인데', '우리 사이라서 하는 이야긴데'라는 말과 함께 시작되는 대화의 소재들은 사실 피곤하고 어두컴컴한 것이 대부분이다. 다른 사람과의 원만하지 못한 관계에 관한 이야기나 그날의 고민과 우울에 관한 것들 말이다.

평소였다면 그래도 내가 아끼는 사람의 힘듦에 관한 이야기니까 잘 들어주고 해줄 수 있는 반응을 해주겠지만, 내 마음조차 제대로 갈피를 못 잡는 날에는 그 이야기를 들어주기가 조금은 힘든 것이 사실이다. 그렇게 생각하면 안 될 것을 알면서도 나는 고작 이 사람의 감정 쓰레기통에 불과한 거라는 생각도 하게 된다.

그게 무엇이 됐건 나의 감정을 허심탄회하게 털어놓는 것이 친구 사이에서의 최고의 덕목 중 하나라지만, 그만큼이나 상대방의 기분을 존중해주는 일도 절대 소홀히 해서는 안 된다. 한쪽으로 쏠린 건물은 언젠가 무너지기 마련이

고 한곳에만 고여 있는 물은 결국 썩기 마련이듯, 상대방의
기분을 헤아리는 일 역시 한쪽으로만 치우쳐서는 안 된다.

비밀이라는 거짓말

"잘 들어. 이건 진짜 비밀인데…."

이런 말과 함께 꺼내는 이야기는 그게 무엇이 됐건 대부분 누구에게도 좋지 않다. 어디 비밀이 끝까지 비밀로 남은 적이 있었던가. 비밀은 그게 무엇이든 곳곳으로 퍼 날라지고 결국 비밀이라는 이름이 무색할 정도로 공공연한 소식이 되어버리곤 했다. 비밀의 당사자는 맨 처음 그 사실을 알게 된 사람, 그러니까 '믿어 의심치 않았던' 최초의 유포자를 원망 섞인 눈으로 바라보지만, 그를 믿은 자신의 잘못도 있다고 생각하며 괴로워만 할 뿐이다.

정말 입이 무거운 사람이라고 믿었기에 조심스레 비밀을 공유했을 수도 있지만, 그중 몇몇은 오히려 그것이 더는 비밀이 아니길 원하는 마음으로 입을 열었을 수도 있다. 당사자가 불행하기를 바라는 마음 또는 그 당사자가 아니더라도 타인의 불행을 보면 느껴지는 묘한 쾌감 때문에 소문을 퍼뜨리는 것이다.

그렇다면 우리는 어떻게 해야 할까? 그들의 의도에 따라 우리도 소문을 퍼 나르는 사람이 되어줘야 할까? 아니면 한 술 더 떠서 어차피 퍼 나르는 김에 그 일을 즐기기라도 해야 하는 걸까?

남의 불행을 즐기는 악취미가 있지 않은 이상, 우리는 그러한 은밀한 괴롭힘 앞에서 나는 이 일에는 엮이고 싶지 않으니 그를 말해주지도 그에 관한 이야기를 하지도 말아 달라고 선언할 필요가 있다. 또는 이미 들어버린 이야기 앞에서도 '조금 전 이야기는 못 들은 것으로 하겠다'라며 딱 잘라 말해야 한다.

선행이 그러한 것처럼 다른 사람을 고통스럽게 만드는 일 역시 어떻게든 돌고 돌아 나를 아프게 만들기 마련이다. 그러니 부디 눈앞의 조그만 즐거움에 속아 훗날 거대한 죄책감과 찝찝함을 당신의 것으로 만들지 말기를.

절대 놓치면 안 되는 사람

1. 눈치가 빠른 사람

평소처럼 말하고 행동하는데도 오늘 조금 다른 것 같다며, 괜찮냐며 묻는 사람은 눈치가 빠른 동시에 평소에 나를 주시하고 있었던 사람이다. 그 말은 즉 그 사람이 나를 중요하게 여기고 있다는 말이다.

2. 서로 배울 수 있는 사람

좋은 말만 해주는 관계보단 때로는 따끔한 충고를 건넬 수 있는 사람이 필요하다. 그 사람은 나의 오늘만을 소중히 여기는 게 아니라 내 미래의 행복까지도 함께 고민해주는 사람이기 때문이다.

3. 축하해주는 사람

내게 좋은 일이 있을 때 조금도 질투하지 않고 진심으로 함께 기뻐해 주는 사람과 함께라면, 주변의 시선 따위를 걱정할 일 없이 앞으로도 더 열심히 살고 주저 없이 행복을 향해 달려갈 수 있을 것만 같다.

4. 힘들 때 같이 있어 주는 사람

내가 가장 빛날 때가 아니라 가장 초라할 때도 함께 있어 주는 사람이야말로 내 주변이 아닌 나 자체를 소중히 여기는 사람이다.

어떤 상황에서든 나를 진심으로 생각해주는 사람. 이런 사람이 주변에 있다는 사실만으로도 세상을 살아야 할 이유가 충분해진다. 사람은 이런 방식으로 사람을 살게 한다.

선 물

"난 마음만 있으면 돼. 다른 건 필요 없어."

서로를 아끼는 사이에선 자주 이런 말을 하곤 하지만, 사실 그건 말처럼 쉬운 일만은 아니다. 그 어떤 물질도 오가지 않으면서 순탄하게 이어지는 관계는 잘 없다. 관계가 언제까지나 화목하기 위해선, 그 사람을 좋아하는 만큼 성의를 보여야 한다.

세상에는 입만 살아 있는 가짜 마음이 너무도 많기 때문이다. 내 마음이 진짜라고 할지라도 나의 마음과 그들의 마음을 단번에 구분해내기가 힘들기 때문이다. 사람들은 상대방이 조금만 마음에 들어와도 그 마음을 표현하길 주저하지 않는다. 그리고 말로는 별도 달도 다 따줄 것처럼 군다. 저 사람의 마음은 가짜고 내 마음만이 진짜라고 아무리 외쳐봐도 이렇다 할 효과는 없다. 그러니까 내 진심이 제대로 전달되지 않는다는 것이 억울하니 선물이라도 건네야 할 수밖에.

말로만 괜찮다고 하지 막상 받았을 때 선물을 싫어하는 사람은 없다. 이 사람이 나를 생각하며 무언가를 고르고 대가를 치를 결심을 했다는 사실에 감동하게 된다. 그러면서 자연스레 이 사람의 마음은 진짜라고 믿게 되는 것이다. 주는 사람 역시 마찬가지다. 내가 좋아하는 만큼 성의를 보여야 내 안의 마음도 더 분명해진다.

좋아하는 마음을 담아 실체가 있는 것들을 주고받는다. 그것만으로도 두 사람 사이에는 소중한 한 페이지의 추억이 생긴다. 그리고 그 페이지들은 아주 오랜 시간이 흐른 뒤에도 자주 그 주인공들에 의해 펼쳐질 것이다.

나는 나를 믿는다

　사람들의 응원만큼 내가 나에게 건네는 응원도 중요하다. 나는 분명 잘 될 거라는 믿음을 반드시 품어야 한다.

　자만하라는 말이 아니다. 노력을 통해 어느 정도 실력이 갖춰진 이후엔 믿어주는 순서가 필요하다는 말이다. 지난날의 크고 작은 성과를 보면서 '이만큼이나 잘해왔으니 이 다음에도 잘할 거야.'라고, 긴장되어 있던 마음을 풀어주는 과정이 있어 줘야 한다. 내가 나를 믿어주지 않으면 아무리 실력이 준비되어 있어도 그 실력을 제대로 방출할 수 없기 때문이다.

당신은 곧 무대에 오르려 한다. 무대 앞의 수많은 사람들은 당신을 응원할 준비를 하고 있다. 하지만 그들보다 앞서서 당신을 응원할 수 있는 사람, 당신을 응원해야 하는 사람은 언제나 당신이다.

"자, 오늘도 잘해보자. 파이팅."

그렇게 작게 외친 당신은 더는 무서울 것이 없어 보인다.

좋은 사람인지 헷갈릴 때는

일단 잘해줘 봐라. 이유 없이 웃는 얼굴을 보여주고 대가를 바라지 않고 가진 것을 나눠주는 것이다. 처음에는 어리 둥절해할지 모른다. 그러면 그냥요, 주고 싶어서요, 말하곤 다시 웃어 보여라.

그러면 얼마 지나지 않아 그 사람의 본성이 드러나기 시작한다.

본성이 선한 사람은 어떻게라도 나를 실망하게 하지 않으려 하고 어떻게라도 내게 보답하려 한다. 내가 잘해준 것을 절대 잊지 않고 자기도 내게 조금이라도 더 좋은 사람으로 기억되고 싶어 안간힘을 쓰는 것이다. 그러다 보니 처음에는 너무 딱딱하게 느껴지는 태도 탓에 나를 싫어하는 건가 헷갈리기도 하지만, 이내 내가 싫어서가 아니라 오히려 좋아서 그러는 것임을 깨닫게 된다.

반대로 본성이 악한 사람은 나를 얕보기 시작하고 나를 이용해 먹으려 한다. 말과 행동이 점점 편해지고 바라는 것이 많아진다. 처음에는 그게 친근함의 표현인가 싶어 반가워지다가도 왠지 모를 찝찝함 때문에 거리를 두게 되고 곧 나를 얕보고 있다는 걸 알게 된다.

나쁜 사람을 발견하는 일은 늘 반갑지 않다. 하지만 너무 슬퍼하지는 않아도 된다. 그저 편리한 도구가 작동했다고 생각하자. 나를 언젠가는 크게 등쳐먹을 사람이 미리 걸러져서 다행이라고 생각하면, 그래도 조금 기분이 나아진다.

친구 사이에서 중요한 것

인생이 바빠질수록 만남의 빈도보단 그 외의 것들을 생각하게 된다.

학창 시절에야 친한 친구들을 맨날 볼 수 있는 호사를 누릴 수 있지만, 어른이 되고 조금씩 사회생활에 익숙해지다 보면 아무리 친하고 좋아하는 사람이더라도 옛날처럼 자주 만나지 못하게 된다.

그렇다고 그 사람과의 정서적인 거리가 멀어지는 것이냐 하면, 그렇지 않다. 관계에서는 만나는 빈도가 무조건 절대적이라고는 말할 수 없다. 그렇게 치면 직장 동료가 소꿉친구보다 날이 갈수록 더 가까운 사이가 될 수도 있다는 말인데, 그건 아니지 않은가.

그보단 서로가 서로를 얼마나 속속들이 알고 있고 또 그걸 얼마나 제대로 기억해주고 있는지. 또 얼마나 진심으로 그 사람이 행복하기를 바라고 있는지가 중요하다.

얼마나 오랜만에 만나든 내가 너무 잘 알고 있는 표정으로 내게 인사를 건네오면 마음이 찌릿찌릿하다. 때로는 감동적이기까지 하다. 그렇게 몇 마디 말을 주고받다가 저번에 그 일 어떻게 됐냐며. 저번에 아프다고 했던 건 괜찮아졌냐며 진심을 가득 담은 안부를 주고받으면 아주 잠깐 동안 어색해지려 했던 마음이 사르르 녹아든다.

그때마다, 그래, 이게 진짜 친구지, 생각하게 된다.

생계 바깥의 것들

여러 단체에서 제시한 중산층의 기준에는 일정량의 소득도 포함되지만 반드시 여가 활동이나 마음 건강에 관련된 것들도 포함된다. 다르게 말하면 돈 버는 일에만 골몰하는 것이 곧 행복으로 직결되는 것이 아니라는 말이다.

사람이 생계를 위해서만 움직이면 곳곳이 병들기 시작한다. 내 몸과 마음을 보살피지 않고 부지런히 움직이기만 하니 고장 나는 게 당연하다. 크고 작은 징조들을 무시하고 계속 일만 하니 일상이 너무 삭막해져서 하던 일도 잘 못하게 되는 악순환에 접어든다. 결국 그것을 원래대로 치료하고 되돌리기 위해 열심히 벌어온 돈을 다시 쏟아부어야 하는 비극이 발생한다.

이러한 비극을 피하기 위해선 반드시 생계 바깥의 것들도 누려야 한다. 괜찮다고 말하며 외면하지 말고 '굳이' 찾아서 즐겨야 한다. 맛있는 음식을 먹게 해주고 영화나 전시 구경과 같은 문화 생활을 권해야 한다. 일에 관한 취미가 아니라 순수한 즐거움만을 위한 취미를 만들어야 한다. 그렇게 삶의 곳곳에 윤활유를 발라줘야 한다.

더 먼 곳까지 행복하게 가기 위해서.

천연 항우울제

어떤 사람들은 아침에 오 분이라도 더 자려고 하지만, 또 어떤 사람들은 삼십 분이라도 일찍 일어나 아침 운동을 하려고 한다. 시간을 만들어서라도 책을 읽고 외국어를 공부한다.

자기 계발을 중요하게 생각하는 진취적인 사람이어서 그런 것도 있지만, 어쩌면 더 기분 좋은 하루를 보내길 원해서 그런 것일지도 모른다. 부지런함은 나의 우울을 없애주는 천연 항우울제가 되어주기도 하기 때문이다.

'오늘 나는 아무것도 해내지 못했다'라는 생각은 사람을 우울하게 만든다. 분주하게 움직였음에도 하루를 통째로 허비한 것 같은 느낌, 세상에서 가장 쓸모없는 사람이 된 것 같은 느낌을 안겨주며 나를 밑바닥으로만 끌어당긴다.

하지만 아주 작은 것이라도 해냈다는 생각은 결과를 극단적으로 바꾼다. 그래도 오늘 운동은 해냈으니까. 하기로 했던 독서를 마쳤으니까. 그런 생각을 하게 만들어 크든 작든 성취감을 느끼게 만드는 것이다.

처음부터 무리할 필요는 없다. 아주 조그만 시간을 마련해서 운동이든 공부든 아주 쉬운 숙제를 내주는 것부터 시작해보자. 성취감은 꽤 크고 많은 일을 한다.

비교하지 말 것

비교도 건강한 비교라면 괜찮겠지만, 대부분의 비교는 건강한 비교가 아니다. 그저 멈춰선 채로 다른 사람들의 좋은 면을 보고 자신의 나쁜 점을 꾸짖는다. 나는 왜 이 정도밖에 안 되는지를 생각하며 끝없이 괴로워하고 심한 경우엔 그 사람이 망해버려서 나보다 못한 상황이 되기를 바라기도 한다.

어쩌면 내가 비교의 대상으로 삼고 있는 사람에게도 말 못할 콤플렉스가 있을지 모른다. 또 막연하게 비교부터 하기엔 나에게 나도 잊고 있던 장점이 너무 많을지도, 나아질 기회도 아직 많이 남아 있을지 모른다.

남이 아닌 나에게 집중하자. 비교를 하더라도 과거의 나와 오늘의 나를 비교하자. 못난 마음을 먹기엔 앞으로의 내가 너무 예쁘다.

올바른 피드백

어느 댄서들의 대화를 인용한다. 리더를 맡고 있는 댄서의 지휘에 따라 소속 댄서들이 일사불란하게 대형을 이루어 움직이지만, 리더의 눈에는 그게 그다지 성에 차지 않는다. 특히 어느 한 명의 움직임이 둔한 것이 자꾸 마음에 걸린다. 리더는 참다 못해서 격앙된 목소리로 이렇게 말한다.

"움직임이 너무 무겁다. 자꾸 이러면 내가 너무 속상하잖아."

처음 그 장면을 봤을 때 몹시 깊이 감동했었다. 상대방의 행동이나 상황을 비난하는 대신 나의 감정에 집중해서 말하는 것에서 지혜로움과 배려를 동시에 느꼈기 때문이다.

'너는 지금 이게 잘못됐어.'라고 말하는 순간 상대방은 정말 그것에만 집중해서 움직이려 든다. 수동적인 태도로 그저 피드백을 받아들이려고만 하는 것이다. 하지만 '네가 이래서 내 마음이 이래.'와 같은 식으로 자신의 감정에 빗대어 주장을 전달하면 문제를 해결할 수 있는 권한이 상대방에게 양도된다. 그래서 기분이 상하지도 않는 동시에 문제 해결을 위해 능동적인 태도를 지니게 되는 것이다.

위대한 팀은 개개인의 높은 실력이 합쳐져서 만들어지는 것이 아니라 개개인이 적극성을 띠며 최선을 다할 때 만들어진다. 그리고 그렇게 모두의 마음을 뜨겁게 데우는 것이 리더가 해야 할 일일 것이다.

오늘도 지금껏 나는 어떤 식으로 사람들을 다루려 했는지를 생각하고 반성해본다. 더 좋은 사람, 더 좋은 리더가 되고 싶어서.

나라는 영화

사람은 다 다르게 태어난다. 화려한 외모를 타고난 사람도 있지만 아무리 애써도 수수함을 감출 수 없는 사람도 있다. 태어나기를 부자로 태어난 사람과 태어나기를 가난하게 태어난 사람은 어쩔 수 없이 사는 세계가 다르다.

그러한 조건들을 좋게 타고나지 않은 사람들은 자기도 모르게 자신을 조연이라고 여기곤 한다. 잘난 사람들이야말로 세상의 주인공이고 나는 그들을 보조하는 역할에 그칠 뿐이라고 스스로를 낮잡아보는 것이다.

하지만 살아보니까 아니더라. 누구에게나 자기만의 서사와 감동이 있더라. 나와는 스친 적도 없었던 사람에게도 삶의 우여곡절과 오늘의 행복이, 꿈꾸는 결말이 분명하게 있었고 그것들은 듣는 것만으로도 영화를 보는 것처럼 벅차기만 하더라.

나도 당신도 마찬가지일 것이다. 우리 모두의 삶은 영화를 만들어가는 것과 같을 것이다. 그리고 그 영화의 주인공은 당연히 자신이어야만 할 것이고.

우리의 영화다. 장르도 엔딩도 내 마음대로 정할 수 있다. 그러니 더는 스스로를 조연이라고 생각하지 말고 내 나름의 스토리를 주인공으로서 꾸려가기를. 그렇게 해피엔딩을 향해 가기를.

반갑지 않은 연락의 유형

1. 너무 늦은 밤에

밤에 울리는 전화벨은 상대방을 불안하게 만든다. 밤에 전달되는 소식은 대부분 긴박하고 비극적인 소식이 많으며, 그런 게 아니더라도 술이나 자신의 감정에 취해 일방적으로 건네는 무례한 말들이기 쉽기 때문이다.

2. 생각나자마자 바로

상대방이 뭘 하고 있을지 지금 바쁘지는 않을지를 생각하지 않고 무작정 연락을 해오는 것도 반갑지 않다. 최소한 본인이 해야 할 말을 머릿속으로 정리해보고, 그다음 지금

잠깐 연락해도 괜찮냐며 허락을 구한 뒤에 이야기를 꺼내는 것이 좋다.

3. 필요할 때만

평소에는 죽었는지 살았는지도 알 수 없을 정도로 잠잠하다가 무언가 도움이 필요하거나 아쉬운 게 있을 때만 연락하는 사람만큼 얄미운 사람이 없다. 그럴 때마다 사람이 아니라 도구 취급을 받는 듯한 불쾌감이 엄습한다.

4. 집요하게

숨도 못 쉬게 바쁘거나 사실은 당신이 조금 불편하거나. 나름의 사정이 있어서 연락을 못 받는 것일 텐데 그걸 무시하고 연락이 닿을 때까지 집요하게 물고 늘어지는 사람이 있다. 그럴수록 점점 더 질린다는 걸 그 사람들은 아는지 모르는지.

문자 메시지를 보내든 전화를 걸든, 직접 얼굴을 보고 소통하는 게 아니라는 점에서 우리는 연락할 때 훨씬 더 예의를 잘 갖춰야 한다. 이후에 실제로 만났을 때 얼굴을 붉힐 것인지 환한 미소를 지을 것인지는 전적으로 당신에게 달려 있다.

피해자 또는 가해자

사람은 어쩔 수 없이 사람으로부터 상처받는다. 그런데 조금만 주의 깊게 주변을 살펴보면, 거기에는 가해자는 없고 피해자만 가득한 것 같다. 누구의 이야기를 들어도 자기는 잘못한 게 없다고 한다. 상처받고 억울한 일만 당했다고 한다. 그렇다면 대체 가해자는 어디에 있다는 말인가?

모두가 피해자이면서 동시에 가해자다. 누군가로부터 상처받았던 사람도 사실 이전에는 다른 누군가에게 상처를 준 적이 있었을 것이다. 다만 나만 고귀하며 나만 피해자로 생각하는 사람들이 절대적으로 많을 뿐이다.

애초에 내 성격이 당한 것만 기억하고 가한 것은 잊어버리는 성격이라고 말한다면야 할 말은 없지만, 그래도 직언하자면 그런 사람들의 딜레마는 바로 그런 성격을 밀어붙일수록 사람들로부터 미움받는다는 데에 있다. 어디를 가서도 자기는 결점이 없으며 세상이 잘못했다고 말하는 태도는 피곤하다. 이런 사람과 계속 함께한다면 나도 언젠가는 이 사람에게 어떤 피해를 끼쳐서 원망을 살 것만 같다.

그러한 참사를 방지하기 위해서는 좋으나 싫으나 자기 객관화를 해야 한다. 내가 누군가로부터 상처받았듯이 나도 언젠가 누군가에게 상처를 준 적은 없었는지를 생각해야 한다. 내가 앞에 있는 사람에게 서운한 게 있는 것처럼 상대방 역시 내게 서운한 점은 없는지를 점검해야 한다. 그렇게 남에게 조금 관대해지는 동시에 나에게 조금 더 냉철해진다면 우리의 관계는 점점 균형 찾게 되고 건강해질 것이다. 미운 사람은 점점 줄어들고 고마운 사람이 더 늘어날 것이다.

답 정 너

'답은 정해져 있고 너는 답만 하면 돼.'

이와 꼭 닮은 태도로 대화를 이끌어가는 사람이 너무 많다. 그들은 자신이 틀릴 수도 있다는 가정이 아예 없이 대화에 임하고 있으므로 다른 대답을 해서는 안 된다. 조금이라도 원하는 것과 다른 대답을 하면 어떻게든 원점으로 다시 돌아가 같은 질문을 던질 테니까.

원하는 대답을 해주면 그 역시 만족하고 나도 편해지지만, 매번 그런 대화들로만 점철되는 관계는 솔직히 조금 피곤하다. 어차피 외모나 능력에 대한 칭찬이나 당신이 얼마나 대단한 사람인지에 대한 말을 듣고 싶어서 묻는 것일 텐데, 그럴 바엔 그냥 자기가 나서서 자신을 추켜세웠으면 싶을 때가 많다.

인정욕구는 크지만 자존감은 낮아서 그렇다. 내가 나를 괜찮은 사람이라고 인정하지 못하니 타인의 시선과 입을 빌려서 나의 가치를 높이려고 하는 것이다.

그런 관계로부터 피로해지길 원치 않는다면 두 가지 방법이 있다. 상대방이 원하는 대답을 해주기를 그만둠과 동시에 그 관계 역시 정리하는 것과 그 사람을 위한 진심에서 우러난 직언을 건네보는 것이다. 당신이 정말로 원하는 것이 뭔지를 묻는 것도 좋고 자존감을 높일 수 있는 방법들을 추천해주는 것도 좋다. 그 사람이 정말로 소중한 사람인지에 따라 선택은 갈리겠지만, 어떤 선택을 하든 건강한 관계는 한쪽이 한쪽에게 봉사하는 관계가 아니라 서로가 행복한 관계라는 사실만큼은 간과해선 안 된다.

내게 시간을 소비하는 사람

살다 보면 시간만큼 귀한 게 없다는 걸 깨닫게 된다.

돈은 어떻게든 아낄 수 있지만, 그리고 부족하다면 어디에서 빌려올 수라도 있지만, 시간은 아끼는 데에도 한계가 있고 다른 곳에서 가져올 수도 없기 때문이다.

내게는 온전히 내 몫의 시간만이 차갑도록 정확하게 주어지고 그 시간은 잔인할 정도로 빠르게 흘러간다. 누구는 그 시간을 돈을 버는 데에 다 쓰고 또 누구는 그 시간을 지친 몸을 쉬게 하는 데에 사용한다. 어떻게 쓰든 대부분 자신을 위해 쓴다는 데에는 차이가 없다.

그렇기에 그 귀중한 시간을 쪼개어 누군가를 만나 밥을 한 끼 먹는다거나 차를 마시는 일은 생각보다도 대단한 일이다. 내가 그 사람에게 돈을 주는 것도 아니고 대단한 일을 해주는 것도 아닌데 나에게 시간을 소비하다니. 그 행위 자체로 나를 중요하게 생각한다는 증거가 되어주는 것이다.

그건 내 입장에서도 마찬가지겠지만, 누군가가 소중한 퇴근 이후의 시간이나 주말을 나에게 허락해주는 것을 당연하게 여기면 안 된다. 기꺼이 시간을 만들어서 내게 와주고 나와 함께해주는 사람과는 가벼운 것을 함께해도 그 마음만은 절대 가볍지 않을 테니.

개근상

관계에도 개근상이라는 게 있다면 어떨까, 그런 생각을 자주 한다. 시간이 흘러도 계속 내 옆에 있어 주는 사람에게 고마운 마음을 담아 상장을 건네는 것이다.

누군가는 말한다. 관계에도 유통기한이 있다고. 그래서 그 관계에서 빨아먹을 수 있는 단물을 다 빨고 나면 미련 없이 그 관계를 정리하는 것도 괜찮은 선택이라고.

하지만 그건 모든 관계에 적용할 수 있는 이야기는 아닐 것이다. 어떻게 곁에 있는 사람을 일정 시기마다 바꿔 끼울 수 있겠는가. 그렇지 않고서야 일생을 함께하는 친구나 연인, 가족에 관한 이야기가 설명되지 않는다. 그들은 도구처럼 함께하는 사람들이 아니며 그들이 편해질 수는 있어도 쓸모가 없어지는 경우는 있을 수가 없다.

물론 그런 사람을 곁에 두는 것은 누구에게나 허락된 일이 아니다. 그러니 누군가가 관계에 유통기한이 있다고 말한다면, 자주 관계를 정리한다고 말한다면, 그 사람들은 부러워해야 하는 사람이 아니라 불쌍히 여겨야 하는 사람일 것이다. 아직 인생 전체를 함께할 만한 좋은 사람을 만나지 못한 것일 테니까.

만약 예나 지금이나 같은 곳에 있어 주는 사람을 벌써 곁에 두었다면, 한 번쯤은 고맙다고 앞으로도 잘 부탁한다고 말해주길. 개근상을 건네는 마음으로 그렇게 다정함을 건네길.

괜찮다는 거짓말

마음이 여린 사람들은 '괜찮다'는 거짓말을 많이 한다. 실제로는 괜찮지 않아도 화가 나고 억울해도 괜찮다고 한다. 자신의 감정보다는 그 상황이나 관계를 더 중시하기 때문이다.

이런 마음이 잘못됐다는 건 아니지만, 그게 과하면 당연히 좋지 않다.

비슷한 사례로 작고 약한 동물들이 안 아픈 척을 한다고 한다. 깊게 유대를 나눈 사람을 걱정시키고 싶지 않아서 그리고 절박한 상황을 모면하고 싶어서 겉으로는 멀쩡한 척을 하는 것이다. 그렇기에 그들이 아픈 것을 처음에는 발견하지 못하고 병이 많이 진행된 뒤에야 알아채서 속절없이 세상에서 떠나보내는 경우가 많다고.

여린 사람들의 괜찮다는 말을 의심하자. 사실은 안 괜찮을 수도 있으니까. 그리고 그렇게 혼자 아파하도록 내버려 두기엔 그 사람은 내게 너무도 좋은 사람일 테니까.

정말 괜찮은 게 맞냐고 조심스럽게 한 번이라도 더 물어보자. 그러면 그 사람은 주저하다가 사실은 별로 안 괜찮다고 말할지도 모를 일이다. 그만큼이나 반갑고 다행스럽게 다가오는 한마디도 없을 것이다. 그건 당신에게도 다정한 사람이 되어주는 첫걸음일 테니까.

경배와 사랑

어떤 사람들은 상대방을 너무 대단하게 생각하고 사랑해 마지않아서 모든 것을 바치려 한다. 상대방을 꾸며줄 만한 좋은 것들을 사서 바치는 데에 혈안이 되어 열심히 일하기만 한다. 나는 좋은 옷도 귀중한 물건도 필요 없으니 그저 상대방에게 모든 것을 집중하는 것, 그런 것이 바로 자기 사랑의 방식이라고 생각한다.

하지만 가만히 생각해보면 과연 그런다고 상대방이 나를 사랑해줄까. 고마워할 수는 있어도 그 너머의 사랑하는 감정까지 내게 느낄까. 나는 잘 모르겠다. 나는 누구 덕분에 정말 아름다운 모습을 지니게 됐는데, 지금의 나와는 상반되게 허름한 모습으로 있는 사람과 과연 나란히 걷고 싶다는 생각이 생길까. 아니기가 쉬울 것이다. 어쩌면 이 사람이 창피해서 견딜 수가 없다고 생각하는 사람, 그리하여 그 관계를 그만두려는 사람도 있을지 모른다.

상대방을 정말 사랑한다면, 그래서 나도 상대방에게 중요한 사람이 되고 싶다면, 그 사람에게만 투자할 것이 아니라 나에게도 어느 정도는 투자를 해야 한다. 어디든 같이 갈 수 있도록. 창피함보다는 자랑스러움이 함께할 수 있도록. 경배보다는 사랑이라는 말이 더 잘 어울리도록 말이다.

새 삼 스 러 움

누구와의 관계에서도 예외는 없다. 관계는 가끔씩 새삼
스러워져야 한다.

익숙해지면서 퇴색되기 때문이다. 그 과정에서 그 관계
가 그다지 소중한 것이 아니라고 착각하게 되기 때문이다.
순간의 감정 기복에 속아 결국 그 관계를 놓아버리는 결정
을 하게 되기 때문이다.

물론 시간이 지남에 따라 다시 이성을 되찾고 뒤늦게 그런 바보 같은 시간들을 되돌리려고 애써보기도 하지만, 문제점은 대부분 그 관계가 깨진 다음에야 그 관계가 소중했음을 알게 된다는 것이다.

때는 이미 늦었다. 한 번 깨진 관계는 웬만해선 다시 말끔하게 돌아오지 않는다. 내가 나의 감정에게 속아 내린 결정이니 다른 것을 탓할 수도 없다. 그저 후회하고 슬퍼하는 것 말고는 할 수 있는 게 없다.

그러니 그 전에 새삼스럽게 고마워해야 하고 새삼스럽게 미안해해야 한다. 그 사람이 곁에 있어 주는 것에 새삼스럽게 감동해야 하고 새삼스럽게 다행이라고 생각해야 한다.

조 용 한 토 닥 임

무언가로 힘들어하는 사람에게 섣부른 조언을 건네는 사람들이 있다. 하지만 애매하게 간섭을 하기보단 차라리 그냥 같이 있어만 주는 게 나을지도 모른다는 의견이다. 당사자가 원하지도 않는데 조언을 건네는 것은 어쩌면 진심으로 그 사람을 위하는 일이 아니라 그저 나 좋자고 하는 행위에 불과할지도 모르기 때문이다.

무엇보다도 섣부른 조언은 오히려 부작용으로 다가가거나 상처를 줄 수 있다. 누군가가 다른 누군가를 완벽히 이해하기란 불가능하기 때문에 나서서 그곳을 들쑤시다 보면 반드시 민감한 부분을 건드리기 마련이다.

그냥 같이 있어 주자. 같이 있다 보면 언젠가 자신의 아픔을 털어놓을 준비가 됐을 때가 올지도 모르니까. 또한 말은 안 해도 옆에 누군가가 있어 준다는 것만으로도 분명 엄청난 위로와 응원을 받고 있을 테니까.

물론 누군가가 같이 있는 것만으로도 힘들어 보인다면 혼자만의 시간을 보내도록 하는 것도 방법이다. 단, 내가 멀지 않은 여기에 있겠다고, 말하고 싶을 때 말해도 된다고 말해주는 것이 좋겠다.

어떤 방식으로 그를 토닥여주든 중요한 것은 조심스럽고도 무조건적인 지지를 건넴으로써 그에게 안정감을 주는 것임을 잊지만 않으면 된다.

4장

좋은 사람 사용법

편지할게요

전할 마음이 있는데 그 마음을 대충 전하기 싫을 때. 이 말만큼은 쉽게 날아가지 않고 오랫동안 기억되기를 원할 때. 얼마든지 번거로운 일을 해줄 수 있을 정도로 상대방이 중요한 사람일 때. 우리는 편지를 쓴다. 한 글자 한 글자. 꾹 꾹 눌러서 최대한 예쁜 마음을 건네려고 애쓴다.

어떤 사람들은 얼굴 보는 것으로도 마음을 전할 수 있고 전화로도 충분하다고 한다. 메시지 몇 글자 적어서 보내는 걸로도 마음 깊은 곳에 있는 이야기를 건넬 수 있다고 한다. 하지만 나는 편지지를 골라 글자를 적고, 그것을 고이 접어

보내는 그 모든 번거로운 과정이 마음을 전하기에는 여전히 가장 좋은 방법이라고 믿는다.

오늘은 누군가를 떠올리며 굳이 번거로운 일을 하고 싶다.

스트레스로부터 자유로워지고 싶다면

1. 미디어 끊기

우리 주변에는 콘텐츠가 너무 많다. 단 오 분이라도 여유가 생기면 핸드폰부터 꺼내들고 동영상을 보거나 SNS를 열어본다. 하지만 너무도 많은 콘텐츠 소비는 자연스레 그 안의 삶들과 나의 삶을 비교하게 해서 미세한 스트레스를 안긴다.

2. 충분히 자기

하루만 제대로 못 자도 놀랍도록 날카로워진다. 내 마음은 그게 아닌데 자꾸만 예민한 말과 행동이 나가서 스스로도 당혹스럽다. 그럴 땐 나와 내 주변을 위해서라도 죽은 듯이 숙면을 취하는 시간이 필요하다.

3. 심호흡하기

심호흡은 몸의 템포를 정상으로 되돌리기도 하지만, 동시에 마음의 템포도 다스리는 일이다. 심호흡을 통해 생각할 시간을 마련하면 좋지 않은 선택을 확실히 줄여갈 수 있다.

4. 스스로와의 대화

지금 정말로 나에게 필요한 것이 뭔지 무엇이 나를 그렇게 괴롭게 하는 건지를 천천히 확인해볼 필요가 있다. 문제가 명확해지면 해결책도 명확해지는 법이니까.

적당한 긴장감은 도움이 된다지만, 과도한 스트레스는 조금도 도움이 되지 않는다. 밀린 집 청소를 하듯이 조그만 스트레스부터 치워보는 연습을 해보자. 처음엔 막막할지 몰라도 곧 천천히라도 마음속이 깨끗해지는 것이 보일 테니까.

오히려 좋다는 마음

하루도 순탄하게 흘러가는 법이 없다. 잘 풀리는 일만큼 잘 안 풀리는 일도 있고 도무지 손을 쓸 수 없을 정도로 망쳐버리는 일도 있다.

그때 보일 수 있는 반응은 두 가지다. 끝도 없는 비관의 나락으로 떨어지거나 물론 즐거운 일은 아니겠지만 그것마저도 즐기려 하거나.

전자의 경우는 단순한 감정의 배설에 가깝다. 그런 태도에 이렇다 할 의미는 크게 없다. 부정적인 에너지를 온몸으로 뿜어낸다고 해서 바뀌는 것은 아무것도 없기 때문이다.

하지만 반대로 긍정적인 태도를 지니면 많은 것이 바뀐다. 주변 사람들이 그러한 에너지를 받아서 내게 도움을 줄 수도 있고 즐기려는 마음으로 일을 처리하다 보니 더 나은 결과가 나올 확률도 높아지기 때문이다.

나쁜 일은 앞으로도 쉴 틈 없이 우리를 덮치겠지만, 그때마다 '오히려 좋아. 이래야 풀어나가는 맛이 있지'라고 생각할 수만 있다면, 그것마저도 우리에겐 파도타기처럼 스릴 있는 일이 되어줄지도 모른다.

익숙함과 새로움

지친 마음을 충전시키기 위해선 익숙한 것과 새로운 것 모두를 챙겨줘야 한다. 지친다고 해서 집에만 박혀 있는 것이 정답이 아니며 무작정 여행을 떠나는 것도 답이 아니라는 말이다. 만약 익숙함과 새로움, 둘 중 한쪽으로만 쏠리게끔 산다면, 분명 또 다른 문제가 생겨서 마음이 고장 나고 말 것이다.

가본 적 없는 곳으로 여행을 떠났다가도 집으로 돌아가는 길을 반가워해야 한다. 근사한 요리를 먹으면서도 집에서 먹는 밥의 온기를 까맣게 잊어선 안 된다. 낯선 사람과의 만남이나 대화를 함께한 뒤에는 이런 사람들을 만났다며 오랜 친구와 이야기해야 한다.

그렇게 적당한 조화를 이루면서 지내야 결핍되는 부분이 없이 마음을 온전히 충전시킬 수 있다.

진짜 내 취향

'내 미래는 내가 정한다'라고 말하고 다니면서 정작 내가 좋아하는 것은 남의 기호에 맞추는 사람들이 있다. 요즘 유행하는 것이라면 유행하는 이유를 찾아서라도 좋아하려고 애쓰고 조금이라도 뒤처지면 큰일이라도 난 것처럼 불안해한다. 하지만 그러면서 생각하는 것이다.

'왜 나는 안 즐겁지? 왜 이게 별로인 것 같지?'

간단하다. 대중의 취향이 매력적으로 느껴지지 않는 건 내가 잘못된 게 아니라 그저 따로 좋아하는 것이 있어서이기 때문이다.

자아가 완성되기 전인 사춘기 무렵엔 주변의 시선에 민감할 수 있기에 당연히 그럴 수 있다. 하지만 자아가 다 만들어지고 난 이후에도 그런 문제를 겪는 것은 다른 문제이다.

'이게 진짜로 좋은 건가?'
'내가 좋아하는 모습을 사람들이 좋아해 주는 게 좋은 게 아닐까?'
'내가 진짜로 원하는 게 뭘까?'

이제부터라도 스스로에게 부지런히 이런 질문들을 던져보는 건 어떨까. 취향을 당당하게 말할 줄 아는 사람만큼 어른스럽고 멋진 사람도 없으니까.

나의 노력이 최고다

나의 노력을 생각할 땐 정말 나의 노력만 생각해야 한다. 멀리 그리고 넓게 볼 필요가 없다. 다른 사람들의 노력하는 모습이나 다른 사람들이 이룬 모습을 보면서 내 노력을 평가절하하면 안 된다는 말이다.

그들이 해낸 것이 아무리 대단하고 화려하다고 할지라도 이미 쌓아둔 나의 노력이 하루아침에 없던 일이 되는 것은 아니다. 또 나의 이러한 노력들이 어느 타이밍에 폭발력을 얻어 어떤 결과를 만들어낼지는 아무도 모르는 일이다. 어쩌면 내가 우러러봤던 타인의 성공보다 훨씬 거대한 성공을 가져다줄지도 모른다.

'나의 노력이 최고다.'

땀흘린 뒤에는 그렇게 나의 노력만을 봐주자. 남의 노력 말고. 그러면 나의 노력도 나를 보며 웃음 지을 것이다. 더 잘 지내보자고 고개를 끄덕여줄 것이다.

마음 아낌

어린 시절에는 '누구에게나 잘해주는 것'이 옳은 것이라고 생각한다. 또 어떤 이유에서건 남에게 굳은 표정과 목소리를 보이는 것은 무례한 일이라고 생각한다. 그러므로 노력한다. 하루 중 만나는 모든 사람에게 웃으려고 애쓰고 모든 부탁을 다 들어준다. 누가 원한다면 달라는 것도 다 준다.

하지만 그러던 어느 날, 문득 거울 안에서 지쳐 있는 자신을 발견하게 된다.

'착하게 잘 살고 있다는 증거인 거겠지 뭐.'

애써 그렇게 생각해보려 하지만, 마침 그때 문제가 생긴다. 타이밍도 기구하게도 나와 정말 잘 맞을 것 같은 사람을 발견하게 되는 것이다. 마음이 복잡해진다. 잘해주고 싶고 마음을 건네고 싶은데 그럴 마음이 남아 있지 않기 때문이다.

그런 불상사를 다시는 겪지 않기 위해선, 그리고 더 어른스러운 관계를 맺으며 살아가기 위해선, 이제는 마음에도 정해진 양이 있다고 생각해야 한다. 아무 데나 마음과 재화를 낭비하지 않겠다고 다짐하고, 내게 그다지 중요하지 않은 사람에게는 과도한 친절과 마음을 주지는 말아야 한다. 그리고 그렇게 아껴두었던 마음을 정말 진심으로 소통하길 원하는 사람에게 사용하는 것이다.

기억하자. 정말 좋은 사람에게 좋은 사람이 되어주기 위해서, 우리는 늘 어느 정도의 마음과 재화를 아껴두어야 한다는 걸.

인질

인간관계에 있어서 가장 멀리해야 하는 유형이 바로 자신의 마음을 무기로 사용하는 유형이다.

"계속 이러면 너를 미워할 거야."
"약속 안 지키면 너랑 헤어질 거야."
"이거 해주면 만나는 거 생각해볼게."
"왜 자꾸 실망하게 만들지?"

이러한 말들을 버릇처럼 휘두르며 상대방을 쥐락펴락한다. 상대방의 모든 말과 행동을 점수라도 매기듯 평가하며 그것들이 조금이라도 마음에 안 들면 너를 싫어하겠다, 너와 헤어지겠다고 엄포를 놓는다.

그러면 상대방은 자연히 그 관계를 불안하게 여기게 된다. 편히 쉴 수 있는 집과 같은 관계가 돼도 모자란 판에 낮과 밤, 평일과 주말을 가리지 않고 살얼음판을 걷는 기분이 돼버리는 것이다. 곧 그의 마음은 병들어버리고, 그런 그에게 더는 흥미를 느끼지 못하는 상대방은 정말로 그를 버려버린다. 그렇게 홀로 남은 그는 평생에 가깝도록 지워지지 않는 배신감과 상실감에 휩싸여 괴로워한다.

관계의 미래와 자기 마음을 인질로 삼는 사람은 언젠가는 반드시 나를 아프게 할 사람이니 그 사이가 조금이라도 더 깊어지기 전에 빠르게 끊어내는 것이 좋다. 정말로 나를 위하는 사람은, 절대 그런 것을 쉽게 들먹이지 않는다.

진 상

"담아드릴까요?"

"그러면 내가 이걸 그냥 가져갈까?"

편의점 직원은 손님이 책가방이나 다른 종이가방에 계산한 물건을 넣어서 가져갈 수도 있으니 담아드리냐고 물어봤을 뿐인데, 손님은 봉지에 넣어서 주는 게 당연하지 않냐며 따지고 든다.

은행이나 관공서에서도 마찬가지이다. 자기 사정이 급하고 만족스럽지 못한 부분이 있는 것은 알겠지만, 그게 모든 절차를 무시해도 좋고 자신을 응대하는 사람에게 화를 내도 되는 이유가 될 수는 없다.

애초에 꼬여 있는 사람들, 자신이 진상인 줄도 모르는 사람들은 보는 것만으로도 마음이 불쾌해져 버리고 만다. 그런 사람들과 엮어서 좋을 게 없다는 걸 본능적으로 느끼기 때문이다. 그게 잘못임을 알려주려 해봤자 시간 낭비다. 그들의 세상에서는 자신의 크기가 너무 커서 다른 사람의 의견이 비집고 들어올 틈이 없다.

그러니 엮이지 말자. 못 볼 것을 보고 못 들을 것을 들었다면서 외면해버리자. 혹시라도 내가 그런 사건의 당사자가 되어 그런 사람들을 상대해야 할 일이 생긴다 해도 그들을 사람으로 여기지 않는 쪽이 차라리 편하다. 이 사람은 자기 잘못이 잘못인 줄도 모르는 불쌍한 존재이니, 바라는 것을 들어주고 얼른 보내버리자고 생각하는 쪽이 오히려 나을 것이다. 그런 무지하고도 무례한 에너지가 당신의 하루를 망치게 두기엔, 당신 주변에 훨씬 더 아름답고 사려 깊은 것들이 많음을 기억해주자.

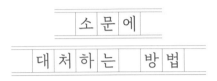

소문에 대처하는 방법

소문은 날파리와 닮았다. 어디에서 태어났으며 어디에서 왔는지도 분명치 않지만, 집요할 정도로 나를 성가시게 하고 괴롭힌다.

그러한 소문에 대처하는 가장 좋은 방법은 소문의 근원지를 찾아내 진실을 마주하는 것이다. 맨 처음 소문을 퍼뜨린 사람을 찾아 왜 그런 소문을 퍼뜨렸는지, 나에게 원하는 것이 무엇인지를 묻는다. 그러면 열에 아홉은 뒤늦게나마 사과를 건네며 다시는 그러지 않겠다고 약속한다. 자신이 얼마나 나쁜 행동을 저질렀는지를 소문의 당사자를 마주하고 나서야 깨닫게 되는 것이다.

하지만 그런다고 해서 이미 퍼져버린 소문을 완벽하게 회수해서 없던 일로 만들 수는 없다. 최초 유포자가 적극적으로 나서서 진실을 알린다고 해도 그 순간 다른 누군가는 계속 소문을 더 먼 곳으로 퍼뜨리고 있을 테니까.

그러므로 더 중요한 것은 떳떳하게 구는 것이다. 나에 관한 이렇고 저런 소문은 소문에 불과하고 진실은 나에게 있으니 당당하게 하루하루를 살아가는 것이다. 그러면 시간은 조금 걸리겠지만, 곧 사람들도 소문을 퍼뜨리기를 멈출 것이다. 저렇게 당당하게 잘 지내고 있으니 그 소문이 사실이 아닐 거라고 판단하게 될 테니 말이다. 누군가의 눈에 띄고 벌레 같은 것들이 꼬이는 것은 당신의 잘못이 아니다. 그러니 당신은 어깨를 펴고 당신으로 살아가면 된다.

좋은 사람 사용법

사람 다루는 일은 다 어렵다지만, 그중에서도 좋은 사람을 다루는 일이 가장 어렵다. 그 사람은 어차피 내게 착한 사람이라는 생각에 안심하기 시작하면 여러 문제가 생길 수 있기 때문이다.

가장 먼저는 그 사람이 사실은 마냥 좋은 사람은 아닌 경우이다. 그가 따로 숨겨둔 속내가 있을지도 모르는 일이다. 그러면 방심하고만 있던 나는 당황스러워진다. 이미 모든 믿음을 다 줬는데 어쩌나. 관계를 무를 수도 없고 속절없이 당하고만 있어야 하나 생각하게 된다.

그보다 더 큰 문제는 그 사람은 착하다는 생각, 내가 뭘 해도 나에게는 좋은 사람으로 남아줄 거라는 생각 탓에 무의식중에 그 사람을 얕보게 되는 경우이다. 아무리 조심하려고 해도 무의식 깊은 곳까지 사람을 쉽게 생각하기 시작하면 방심하는 순간에 무례한 말과 행동이 튀어 나가기 마련이다.

그러므로 착한 사람 앞에서 안심해선 안 된다. 오히려 착한 사람일수록 어려워해야 한다. 그 사람이 착한 사람이라서 앞으로도 그 사람과 오래 함께하고 싶다면 그 사람의 착함을 어려워하고 나도 그에 맞는 다정한 마음을 최대한 많이 주려고 시시때때로 노력해야 한다.

일 하 는 즐 거 움

누가 협박이라도 한 것처럼 일하는 사람들이 있다. 자신이 그 일을 선택한 이상 좋으나 싫으나 해야 하는 게 맞는게 질질 끌려가기라도 하는 것처럼 죽상으로 일하고 있는 것이다.

당연하겠지만 성과는 좋지 않다. 좀처럼 칭찬받을 일도 없고 승진 심사에서도 늘 뒷전이다. 더 잘할 생각은 하지 않고 허구헌날 불평만 하는데 잘 될 리가 없다.

언제부턴가 '일하는 것은 무조건 재미없고 지루한 것'이라는 프레임이 만연해졌기 때문인 것 같다. 퇴사에 관한 농담이나 직장 상사에 관한 짓궂은 일침들이 유행하는 것도 같은 맥락에서일 것이다. 한두 번이나 재밌지. 맨날 그런 이야기만 하는 사람과 붙어 있으면 사실은 조금 피곤하다. 나조차도 조만간 일하기 싫어하는 사람이 돼버릴 것만 같다.

똑같은 일을 하더라도 즐길 구석을 찾으면 결과가 달라진다. 내가 하는 일 덕분에 미소를 짓는 사람들의 얼굴을 유심히 본다든가 나의 노력 여하에 따라 달라지는 매출을 측정해보기 시작하면 그 어떤 행동으로부터도 느끼지 못했던 보람을 얻게 된다.

그 보람은 회사를 위한 보람도 남을 위한 보람도 아니다. 그 보람은 곧 갖가지 보상이 되어 나에게 돌아올 것이고 그 보상을 맛본 우리는 새로운 보상을 위해 다시 열심히 움직이기 시작할 것이다.

어딜 가도 사랑받는 사람의 특징

1. 무언가를 주려 한다

크고 작은 선물일 수도 있고 그게 아니더라도 칭찬으로라도 같이 있는 사람을 기분 좋게 한다. 상대방은 처음에는 부담스러워하거나 부끄러워하다가도 어느 순간부터는 그 사람을 만나는 걸 기대하게 된다.

2. 오해의 여지를 남기지 않는다

어떤 말과 행동으로든 오해할 만한 여지를 남기지 않는다. 나는 좋은 뜻으로 한 말이더라도 상대방의 사정이나 그날의 기분에 따라 다르게 받아들이거나 심각하게 받아들일 수도 있기 때문이다.

3. 기분 나쁠 만한 말은 참는다

이성적으로 생각해봤을 때 맞는 말이더라도 일단은 참고 본다. 갑자기 충고 또는 비판을 듣는 일은 누구에게도 반갑지 않은 일이기 때문이다. 정 말해야 한다면, 조금의 준비 과정을 거쳐서 조심스럽게 말한다.

4. 상대방을 파악하려 애쓴다

이 관계의 주인은 나 혼자가 아니라 언제나 나와 당신이라는 것을 알고 있다. 그러므로 언제나 나와 소통하는 사람의 상태를 파악한다. 평소처럼 농담을 해도 되는지 오늘은 자중해야 하는지를 그때그때 판단하는 것이다.

언제 어디를 가도 사랑받는 사람들의 공통점은 그들의 마음 가장 밑부분에 언제나 배려를 기본으로 깔아둔다는 점이다.

사랑받길 원한다면 먼저 상대를 사랑해줄 준비를 해

라. 그래야 사람들도 그를 알아채고 내 곁으로 다가올 테니까.

더 잘 지내기 위한 고독

혼자만의 시간을 즐길 줄 알아야 남들과도 잘 지낼 수 있다.

혼자 있는 동안 내 취향과 관심사를 발견하고 그것을 개발하기 시작하면 나에겐 점점 남들과 차별화되는 매력이 생기기 시작한다. 그 매력은 타인을 밀어내는 매력이 아니라 끌어당기는 매력이라서, 혼자 있는 날이 많아질수록 인기는 점점 더 많아지는 신기한 경험을 하게 된다.

또한 혼자 있는 시간을 잘 활용하면, 주변 사람에 대한 내 생각과 감정을 정리하고 그들과 더 깊은 대화를 나눌 준비를 할 수 있기 때문에 갈등과 기대와 실망 같은 것도 확연히 줄어든다. 혼자 지냄으로써 함께 지내는 연습을 하는 셈이다.

관계에 과하게 집착하면 점점 고독해지기 시작하고 혼자 있는 일을 즐기기 시작하면 마음과 주변이 풍요로워지기 시작한다.

그러니 이제는 고독을 겁내지 말기를.
다 잘 지내기 위한 준비운동과 같은 시간일 테니까.

기 댈 구 석

이 사람이 내게 당장 어떤 실질적인 도움을 주는지, 경제적이고 효율적인 관계인지와 같은 것들만 생각하면서 인간관계를 맺어선 안 된다. 사업적인 파트너나 직장 동료로서는 그것만으로도 충분할지 모르나, 그 바깥의 관계를 맺을 땐 그 외의 많은 것을 함께 생각해야 한다.

가장 중요한 건 무엇보다도 진심이다. 이 사람의 능력 같은 걸 가늠하는 대신 이 사람이 얼마나 나에게 진심인지를 생각해보는 것이다.

교통수단을 타고 이동할 때는 안전벨트를 메거나 손잡이를 붙잡는다. 물론 그런 조치들을 한다고 해서 엄청나게 커다란 사고 속에서도 무사히 생존할 수 있는 것은 아니다. 하지만 안전벨트나 손잡이가 있다는 사실, 붙잡거나 의지할 구석이 있다는 사실만으로도 마음이 한결 나아진다.

나를 위해주는 진심 하나만으로 언제나 거기에 있어 주는 사람, 부여잡을 손잡이나 기댈 난간이 되어주는 사람을 곁에 두면서 살아가야 한다. 우리는 정말 약하고 작은 존재들이고 세상은 언제라도 우리를 뒤흔들 만큼 크고 강하지만, 그래도 네 옆에 내가, 내 옆에 네가 있다는 사실만으로도 그런대로 꾸역꾸역 살아갈 수 있을 것이다.

사랑과 폭력 사이

호감과 사랑이 어떻게 항상 쌍방일 수 있겠는가. 세상에는 이뤄지는 사랑만큼 이뤄지지 않는 사랑도 많다. 내가 아무리 그 사람을 깊이 사랑한다고 해도 그 사람은 나와 같은 마음이 아닐 수도 있다는 말이다. 자연스러운 일이다. 사람마다 취향도 체질도 다 다른데 어떻게 아무나 만날 수 있을까.

네 마음이 그렇다니 어쩔 수 없지, 그런 경우 보통은 이렇게 단념하며 깔끔하게 관계를 정리하지만, 간혹 이상한 방향으로 생각이 튀는 사람들도 있다.

"나는 널 사랑하는데, 너는 왜 안 받아줘?"

라는 생각을 품고 그 마음을 접기는커녕 더 몰아붙이는 것이다. 이런 사람들이 자주 쓰는 말이 바로 '열 번 찍어 안 넘어가는 나무 없다'라는 말인데, 그 말 때문에 다친 사람이 한두 명이 아니다. 그렇게 넘어올 때까지 마음을 전해서 그 사람을 억지로 쟁취해 내는 게 과연 사랑일까? 아마 사랑이라는 이름을 빌린 납치 또는 억류에 가깝지는 않을까?

무조건적인 표현은 폭력임을 기억해야 한다. 내가 한때 좋아했던 사람에게 조금이나마 더 좋은 사람으로 기억되고 싶다면, 깔끔한 마지막이라도 선물해줘야 함을 잊지 말자.

왜 그렇게 생각해요?

내가 아무리 똑똑하고 그 분야의 전문가라 할지라도, 내 앞에 있는 사람을 얕보지 않으려 하는 태도가 늘 필요하다. 내가 보기엔 이 사람의 생각과 결정이 틀린 것 같아도 한 번쯤은 이렇게 물어보려고 하는 것이다.

"왜 그렇게 생각한 걸까요?"

이 질문을 던지는 이유는, 무엇보다도 '내가 틀릴 수도 있다'는 가정을 놓쳐선 안 되기 때문이다. 세상에는 완벽하게 딱 떨어지는 답이 그다지 많지 않다. 내가 답이라고 생각했던 것도 때로는 틀린 답이 될 수 있고 옛날에는 말도 안 됐던 아이디어가 시간이 흐름에 따라 실현 가능한 참신한 방안이 될 수도 있다. 그런 무수한 가능성을 전부 닫아버리고 내가 알고 있던 기존의 답만을 내세우는 것은 그다지 건강한 선택이 아니다.

또한 정말로 상대방의 생각이 틀리고 내 생각이 맞다고 하더라도, 더 나은 미래를 위해서라도 그런 질문은 필요하다. 상대방이 그렇게 생각한 이유를 차분하게 듣다 보면 어디를 고쳐야 하는지, 어떤 부분에서부터 생각이 꼬였는지를 한눈에 알게 된다. 그 부분을 명확히 짚어서 친절하게 설명해주면, 그 사람은 그렇지 않았을 때보다 훨씬 더 빠르게 지식과 노하우를 습득하기 시작한다. 궁극적으로는 이러한 대화의 방식이 개인뿐만 아니라 조직 전체를 발전시키게 되는 것이다.

주입식 교육은 너무 낡았다. 소통도 가르침도 양방향으로 진행되는 시대이다. 그러니 이제는 상대방의 틀림에 대해 틀렸다고만 말하기보단, 이유를 묻는 사람이 되어주자.

나와 친해져야 한다

애매하게 가까운 사람에게 오히려 친절하다. 그리고 정작 정말 가까운 사람에게는 냉담하다. 친한 친구라는 이유 가족이라는 이유로 잘해주지도 않고 만나려 하지도 않는다. 그리곤 가까운 사이니까 이해해주길 바란다.

그건 친구나 가족보다도 더 가까운 사람인 나 자신에게도 마찬가지다. 다른 사람이 그랬으면 서운해하거나 미안해할 법도 한데 나와의 관계니까 소홀하고 보는 것이다. 속에서 어떤 것들이 곪아가고 있는지도 알지 못하고.

나를 이해하는 일만큼이나 중요하면서도 자주 잊히는 일이 없다. 고장 나지 않고 더 행복하게 멀리 가기 위해선 그 일을 언제나 상기시키고 친절해야 한다. 나한테 이런 일을 해주면 어떻게 되는지. 어떤 일을 하지 않았을 때 내가 조금 편안해지는지. 나는 과연 어디까지 견딜 수 있고 어디에 약하고 또 어디에 강한지. 스스로를 공부하고 이해해야 한다. 그런 게 나와의 관계를 점점 더 돈독하게 꾸려가는 것이다.

고통을 반가워하다

    사람들은 고통받는 것을 무조건 두려워한다. 고통받는 것이 두려워 집에만 머물고 하던 일만 하고 심한 경우엔 여행도 떠나지 않는다. 무엇을 해도 그 일이 불러올 최악의 결과만 생각하므로 쉽사리 도전하지도 못한다.

    하지만 어떤 형태로든, 고통은 결국 나를 강하게 만든다는 것을 기억해야 한다. 근육이 찢어지는 고통은 이후 더 크고 강한 근육을 가져다주고 실연의 고통은 이후 더 좋은 관계를 맺을 수 있는 좋은 안목을 불러온다. 어떻게든 고통은 지나가거나 극복된다. 그리고 그것이 지나가든 극복되든 상관없이 나는 더 나은 사람이 된다. 지나간 고통은 나를 무디게 만들고 내게 힘을 주고 내게 자신감을 주고 최소한 비슷한 것을 다시 마주할 용기라도 준다.

그러므로 아플 것이 두려워 앉아만 있거나 집에만 있기보단 나가서 부딪히는 쪽이 훨씬 현명한 선택이다. 누구에게나 존경받는 강한 사람들도 처음부터 그런 모습을 지니진 않았을 것이다. 그들 역시 많은 고통을 지나왔기에 오늘의 그들이 될 수 있었을 것이다.

카 운 트 다 운

어떤 운동이든 충분한 몸풀기와 각오가 없이 바로 시작하면 다치기 마련이다. 경기를 앞둔 사람들이 혼잣말로 '하나, 둘, 셋'하고 카운트다운을 하는 이유도 그 때문이다. 그것은 지금부터 제대로 해볼까 하고 나에게 말을 걸고 용기를 북돋아 주는 행위이다.

꼭 운동경기에만 국한되는 것이 아니다. 무슨 일을 하든, 그 일이 용기와 노력이 필요한 중요한 일이라면 나름의 카운트다운을 해주는 것이 좋다. 그런 과정이 하나 추가된 것만으로도 그 일을 조금 더 폭발력 있게 시작할 수 있게 되기 때문이다.

각오가 성패를 가른다. 아무리 어려운 일이더라도 거기에 각오가 강하게 들어가 있다면, 당신은 그게 무슨 일이든 평소보다 더 잘할 수 있게 될 것이다.

인 생 의   지 도

　가야 할 곳의 위치가 지도에 정확하지 않게 표기되어 있으면 우리는 자꾸 헤매게 된다. 다른 곳으로만 향하고 때로는 그곳에 가는 것을 포기하기까지 한다.

　인생이라는 여정 역시 그렇다. 내가 살고 싶은 삶, 되고 싶은 모델이 명확하게 정해져 있지 않으면 내 삶은 당연히도 방황하게 되고 의욕을 잃게 된다.

　목표를 설정하는 데에 있어서 중요한 건 빠른 속도가 아니라 분명한 방향이다. 갈 곳이 명확해야 갈 마음도 생긴다. 대충 무엇무엇 비슷한 사람이 되고 싶다고 생각하지 말고, 정확히 어떤 일을 하는 사람이 되고 싶은지를 생각하고 그게 되고 싶은 이유와 그렇게 된 이후에 하고 싶은 것들도 생각해봐야 한다. 그래야만 그 꿈을 이룰 확률이 높아질 것이고 설령 그 꿈을 이루지 못했다고 하더라도 그 주변에서 꿈꿨던 것과 비슷한 삶을 살 수 있을 테니까.

행복의 레시피

음식을 제대로 음미할 줄 아는 사람들은 담백한 음식에서부터 시작해서 점점 자극적인 음식 쪽으로 먹는 순서를 정한다. 처음부터 자극적인 음식을 맛보면 다른 담백한 맛을 느끼기 어렵기 때문이다.

강한 자극에만 집중하면 작고 미미한 것들로부터 얻는 감동을 온전히 느끼지 못하게 된다. 세상에는 작은 즐거움과 작은 소중한 것들이 너무 많은데, 그것들을 무시하고 살다 보면 삶의 후반부에 가서는 결국 그 무엇으로부터도 만족할 수 없는 사람이 된다.

그러므로 설렘이나 새로운 자극 같은 것들도 너무 과하거나 그것에 너무 의존하면 좋지 않다. 점점 더 강한 것들만을 찾게 되기 때문이다. 설렘만큼이나 편안함도 곁에 둬야 한다. 기념일 같은 날들만을 소중하게 생각하지 말고 일상적인 나날들도 즐길 줄 알아야 한다. 맛있는 삶, 멋있는 삶을 위해서 절대 잊지 말아야 할 사실이다.

나쁜 하루는 선생이다

무엇 하나 제대로 풀리지 않는 하루가 있다. 세상의 모든 기운이 나를 밀어내는 것만 같은 하루. 그런 날에는 아주 쉬운 일을 할 때도 계속 실수를 저지르거나 잘 지내던 사람과도 마찰이 생긴다. 사고에 휘말리고 짜증이 또 다른 짜증을 불러와서 기분을 철저하게 망가뜨린다.

그런 최악의 하루 앞에서 우리는 두 가지 반응 중 하나를 고를 수 있다. 정말 최악이라고 말하며 고개를 가로젓거나 어떻게든 평정심을 되찾고 깊이 생각해보거나.

보통은 전자를 고른다. 그게 더 쉽고 간단하기 때문이다. 안 그래도 지치는 하루인데 후자를 골라서 생각까지 하기는 어려울지도 모른다. 하지만 그 최악의 하루도 받아들이는 태도에 따라 완전히 다르게 작용할 수 있다는 것을 안다면 생각이 바뀔지도 모른다.

나쁜 하루로부터도 배울 점을 찾으면, 그 하루는 더는 나쁜 하루가 아니게 된다. 오늘의 실패나 재앙을 교훈으로 삼아 '다음엔 그러지 말아야겠다.' 또는 '그 사람은 만나지 말아야겠다.', '그런 경우도 있구나. 조심해야겠다.'와 같이 생각하며 더 나은 미래를 도모하는 것이다.

그런 시간을 거치고 나면, 하루를 마무리할 때만이라도 기분이 조금 괜찮아진다. 그렇게 조금만 수고를 들이면, 최악이었던 당신의 오늘도 오늘 이후의 미래도 점점 더 좋아질 것이다.

아픔을
외면하지 말 것

사실 사람의 의식이라는 건 우리가 생각하는 것보다도 강한 힘을 지니고 있어서, 우리가 그것을 어떻게 인식하고 있느냐에 따라 크게 다가오기도 하고 작게 다가오기도 한다. 피해의식이 강한 사람에겐 단순한 감기도 죽을병으로 다가오고 자의식이 강한 사람에겐 그다지 대단치도 않은 성과가 일생일대의 업적처럼 여겨지는 것처럼 말이다.

그래서 겪은 일이 얼마나 크고 작은 일이든 간에, 그 일을 아무것도 아닌 것처럼 여기면 내 몸도 마음도 속곤 한다. 충분히 아플 만한 상황에서도 나는 지금 아무 문제도 없으며 아프지도 않다고 생각하면, 정말 안 아픈 것처럼 느껴지는 것이다.

하지만 그게 언제나 좋은 방법인 것은 아니다. 내 고통도 알아줄 필요가 가끔은 있다. 정말로 커다란 일을 겪었는데도 아무 일도 아닌 것처럼 무마하면, 훗날 그 아픔이 곪아 더 크게 아프게 될 수도 있기 때문이다. 실제로 교통사고가 나거나 크게 넘어졌을 때 겉으로 상처가 보이지 않는 경우가 더 위험한 상태일 수도 있다고 한다. 몸 바깥이 아니라 내부에서 출혈이 생겨 치명적인 상황으로 발전될 수도 있는 거라고.

그러니까 아무렇지 않은 척하기엔 너무 아픔이 큰 것 같을 땐, 눈치 보지도 말고 창피해하지도 말고 그냥 아파하자. 크게 울자. 그렇게 소리도 지르면서 힘껏 독소를 배출해주자. 아프지 않을 내일을 위해.

슬프다면 떠나라

슬픈 사람들은 보통 집에서 운다. 우는 모습은 웬만해선 다른 사람들에게 보여주기 싫은 모습이며 그런 상태에서는 도무지 다른 곳에 갈 기분도 생기지 않기 때문이다.

하지만 혼자서는 도저히 감당하지 못할 것 같은 슬픔에 휩싸였을 땐, 그곳으로부터 도망칠 줄도 알아야 한다.

심리를 연구하는 여러 전문가가 말하길, 극심한 우울감에 빠졌을 땐 일단 그곳에서 벗어나야 한다고 한다. 집과 같은 익숙한 공간에는 정말로 내게 익숙한 사물들만 있기에 내 주변의 것들이 더욱더 커다란 정적으로 다가오기 때문이다. 집은 전과 다를 바가 없는 집일 뿐인데, 그 안에서 괜히 스스로 슬픈 감정만 증폭시키는 것이다.

집 안의 정적이 나를 집어삼키지 않도록 해야 한다. 울때는 울더라도 조금 더 건강하고 차분해진 상태에서 울어야 한다. 성숙한 사람이라면, 그렇게 슬픔이라는 감정도 어느 정도는 통제할 줄 알아야 한다.

어쩌면 상처받은 사람들이 여행을 떠나는 이유도 그 때문일지도 모르겠다. 익숙했던 삶의 터전으로부터 최대한 멀리 떨어지기 위해.

죽고 싶었던 나를 살려준 말들

1. "밥 먹었어?"

할 말이 없어서 대충 건네는 인사처럼 느껴질 수도 있지만, 끼니를 챙겼는지 묻는 것은 사실 당신의 사소한 부분까지도 생각하고 있다는 뜻, 그러므로 당신이 조금이라도 더 건강해졌으면 좋겠다는 뜻이다.

2. "고생 많았겠다."

아무리 성숙한 어른이더라도 혼자 애쓰고 있었던 것을 누구도 몰라주면 서러울 수밖에 없다. 말 한마디로라도 그동안의 고생을 토닥여주면, 누구라도 눈물을 흘림과 동시에 다시 앞으로 나아갈 힘을 얻는다.

3. "덕분이야."

누군가에게 쓸모 있는 사람이 되는 것만큼 기쁜 일은 없다. 아주 작은 일이어도 좋으니 그 사람에게 도움이 되었다는 것, 그래서 그 사람에게 조금 더 필요한 사람이 되었다는 사실은 나를 더 잘 살고 싶게 만든다.

4. "난 네 편이야."

세상을 산다는 건 원래 쉽지 않다. 그리고 혼자서는 더더욱 쉽지 않은 일이다. 그럴 때 나를 믿고 지지해 주는 사람이 한 명이라도 있으면, 나는 그 사람을 봐서라도 더 멋지 살아보고 싶어진다.

실패가 아픈 이유

유난히 뼈아픈 실패들이 있다. 1등을 따내지 못한 게 한두 번도 아닌데, 오히려 1등을 하지 못한 날이 훨씬 많은데 괜히 이기지 못했다는 사실이 분해서 눈물이 난다. 또 어차피 승산이 낮은 도전이었는데도 그걸 해내지 못한 게 아까워서 자꾸 한숨만 나온다.

하루아침에 갑자기 욕심이 늘어나서 그런 게 아니다. 실패가 유난히 뼈아프게 다가온다는 건, 그만큼 성공에 가까워졌다가 아깝게 그를 놓쳤기 때문이다. 성공에 거의 근접할 만큼 최선을 다했고 능력도 어느 정도 충족이 됐었는데,

이번 기회에는 간발의 차로 그것을 붙잡지 못했기 때문이다. 그래서 더 아프고 눈물 나는 것이다. 어쩌면 정말로 내 것이 될 수도 있었던 건데 싶어서.

지난 번의 실패가 '성공에 거의 근접한 실패'였던 것처럼, 이다음 번의 도전도 그럴 것이다. 어쩌면 성공에 근접한 실패가 아니라 성공으로 마무리 지어질지도 모를 일이다.

한 번만 더 해보자. 거의 다 왔으니까. 거의 다 왔기 때문에 더 아픈 거니까.

당신에게 분명 좋은 일만 생길 거예요

이슬비 에세이

초판 1쇄 • 2024년 05월 03일
초판 6쇄 • 2025년 01월 03일

지은이 • 이슬비
펴낸이 • 김영재
디자인 • 염시종
마케팅 • 염시종, 고경표
제작처 • 책과6펜스
펴낸곳 • 다담북스
출판등록 • 2021년 5월 21일 제2021-000019호
이메일 • highest@highestbooks.com

ISBN • 979-11-93282-09-0

• 다담북스는 (주)하이스트그로우의 출판 브랜드입니다.
• 이 책의 판권은 지은이와 하이스트에 있습니다.
• 책 내용의 전부 또는 일부를 이용하려면
  반드시 지은이와 하이스트 양측의 서면 동의를 받아야 합니다.